KB183150

제32회 부스러기사랑나눔회
글그림잔치 모음집

제32회 글그림잔치

행복한 우리 마을 이야기

　1993년 처음 시작된 부스러기사랑나눔회 글그림잔치는 탁아방, 공부방의 가난한 아이들이 자기의 이야기를 글과 그림으로 스스럼없이 표현한 것으로부터 시작되었습니다. 지난 32년간 아이들의 눈으로 바라본 세상은 아름답기도 하고, 슬프기도 하고, 외롭기도 하였습니다. 그럼에도 아이들은 그 속에서 희망을 찾아 삶을 살아가고 있었고, 글그림잔치를 통해 그 희망을 노래하고 각자의 솔직한 이야기를 덤덤하게 이야기하기도 했습니다.

　아이들이 자라나는 환경은 그들의 삶과 정체성에 깊은 영향을 미칩니다. 이번 제32회 글그림잔치 '행복한 우리 마을 이야기'를 통해 아이들은 자신이 성장한 마을을 되돌아보고, 평소에는 깨닫지 못했던 마을의 소중함을 작품으로 표현했습니다. 이를 통해 지역에 대한 자부심과 애정이 자연스럽게 싹트게 되었으며, 아이들은 서로 더불어 살아가는 따뜻한 세상을 꿈꾸며 나아가고 있습니다.

언덕에 있는 우리 동네, 할머니 사셨을 적엔

꼭꼭 숨어라. 숨바꼭질 나무

할머니 졸졸 따라다니던 우리 아빠는

달리고 달리는 술래잡기 하고

나와 동생이 그네 타며 놀았을 땐

그 옆을 지켜 주는 든든한 나무

언제나 우리 가족 응원하며 묵묵히 지켜주면서

할머니,

우리 아빠,

동생과 추억도

모두 어린 시절 함께한 오래된 나무

(오래된 나무 / 박예은)

  언덕과 나무, 놀이터, 친구, 이웃 등 아이들의 작품에는 우리 마을이 지닌 다채로운 모습들이 생생하게 담겨 있습니다. 이번 글그림잔치에서는 이러한 소중한 기억들을 공유하며, 아이들의 꿈이 한층 더 단단해질 수 있는 계기가 되기를 바랐습니다. 앞으로도 세대를 넘어 우리 마을의 이야기들이 이어지고, 더 많은 사람들이 아이들의 시선을 통해 마을의 따뜻한 정서를 느끼게 되기를 소망합니다.

  올해 글그림잔치에는 전국 124개 아동복지시설에서 1,416편의 작품이 접수되었습니다. 이 소중한 마을 이야기가 꽃필 수 있도록 지원해 주신 하나금융나눔재단과 모든 후원자 분들께 감사드립니다. 또한, 아이들의 가슴 뭉클한 이야기를 정성껏 읽고, 작품 하나하나에 진심을 담아 심사해 주신 심사위원분들께도 깊은 감사의 마음을 전합니다.

　아이들의 눈으로 바라본 '행복한 우리 마을 이야기'가 이 글을 읽는 분들께 따뜻한 추억과 함께 희망의 메시지를 전할 수 있기를 바랍니다. 우리 모두가 간직하고 있는 행복한 마을의 기억들을 다시금 떠올리며, 오늘도 각자의 삶 속에서 묵묵히 자신만의 이야기를 써 내려가고 있는 이웃들의 따뜻한 마음이 서로에게 전해지기를 소망합니다.
　감사합니다.

2024년 12월
부스러기사랑나눔회

글그림잔치 소개 및 발자취

'글그림잔치'는 어려운 환경에 처한 어린이, 청소년들이 생활 속 고민과 생각, 느낌을 솔직하게 표현하는 축제의 장입니다. 한창 행복한 꿈을 향해 나아가야 할 시기에, 환경적으로 어려움을 겪고 있는 아이들과 청소년들이 글과 그림을 통해 자신의 상황을 긍정적으로 인식하고 이를 극복할 힘을 얻을 수 있도록, 부스러기사랑나눔회는 1993년부터 매년 '글그림잔치'를 진행하고 있습니다.

올해 열린 제32회 글그림잔치는 "행복한 우리 마을 이야기"라는 주제로 진행됐습니다.

이번 글그림잔치에 참여한 아이들이 작품을 완성하는 시간 동안 우리 마을을 함께 돌아보며, 그곳이 얼마나 특별하고 소중한 곳인지 깨닫는 자리를 마련하고자 했습니다. 아이들은 우리 마을에서만 열리는 특별한 축제, 소중한 사람들, 나만 알고 있는 비밀 장소 등을 자신들만의 따뜻한 시선으로 글과 그림에 담아냈습니다.

이 작품들을 접하는 모든 분들께서도 아이들의 순수한 마음이 담긴 작품을 보시고 잊고 지냈던 따뜻한 추억을 되새기며, 바쁜 일상 속에서 잠시나마 행복한 시간을 가질 수 있길 소망합니다.

제1회 우리 동네, 우리 공부방

참가현황	총 19개 기관 참여/출품작 글 116편
단행본 출판	〈우리 동네 이야기〉, 1993.05.05. 276쪽, 신앙과 지성사

제2회 우리나라, 우리 엄마(아빠), 내 친구

참가현황	총 35개 기관 참여/출품작 글 235편, 그림 95점
단행본 출판	〈콧물 찍찍 눈물 뚝뚝〉, 1994.03.20. 365쪽, 신앙과 지성사

제3회 사랑과 나눔

참가현황	총 47개 기관 참여/출품작 글 345편, 그림 189점
단행본 출판	〈뼈 없는 갈비 있었으면〉, 1995.12.29. 364쪽, 도서출판 줄과 추

제4회 나의 소원

참가현황	총 45개 기관 참여/출품작 글 253편, 그림 204점
단행본 출판	〈팽이를 잘 돌리면 좋겠어요〉, 1996.12.27. 292쪽, 도서출판 부스러기

제5회 폭력(학교폭력, 가정폭력 등)

참가현황	총 50개 기관 참여/출품작 글 310편, 그림 179점
단행본 출판	〈때리면 아파요!〉, 1997.12.29. 304쪽, 도서출판 부스러기

제6회 만일 내게 기적이 일어난다면……

참가현황	총 47개 기관 참여/출품작 글 252편, 그림 381점
단행본 출판	〈솜사탕이 먹고 싶어〉, 1998.12.19. 327쪽, 도서출판 부스러기

제7회 경제 살리기, IMF 일 년 우리 집에서는 어떻게 지냈는가?

참가현황	총 41개 기관 참여/출품작 글 493편, 그림 411점
단행본 출판	〈IMF 나 살려〉, 1999.12.31. 205쪽, 도서출판 부스러기

제8회 새 천 년의 꿈

참가현황	총 36개 기관 참여/출품작 글 432편, 그림 501점
단행본 출판	〈그냥 안아주세요〉, 2000.12.31. 447쪽, 도서출판 부스러기

제9회 우리 동네 우리 이웃, 내가 가장 사랑하는 사람, 나에게 쓰는 편지

참가현황	총 49개 기관 참여/출품작 글 335편, 그림 521점
단행본 출판	〈엄마 품속에 내가 있어요?〉, 2001.08.20. 270쪽, 도서출판 부스러기
전시회	2001.08.20.~23. 진흥갤러리

행복한 우리 마을 이야기

제10회 내가 엄마라면, 내가 아빠라면, 우리 가족 이야기

참가현황	총 79개 기관 1,343명 참여/출품작 글 514편, 그림 878점
단행본 출판	글그림잔치 10주년 기념 수상 글 모음집 〈가슴 깊이 묻어 놓았던 보물 상자 하나〉, 2002.05.04. 415쪽, 도서출판 부스러기 제10회 글그림잔치 글 모음집 〈내가 엄마라면, 내가 아빠라면〉, 2003.01.21. 423쪽, 도서출판 부스러기

제11회 내게 가장 슬펐던 일/기뻤던 일, 내게 가장 소중한 사람/나도 할 말 있어요

참가현황	총 68개 기관, 1,241명 참여/출품작 글 481편, 그림 762점
단행본 출판	〈하늘땅 별 땅만큼 좋은〉, 2003.08.14. 256쪽, 도서출판 부스러기
전시회	2003.08.14.~15, 우림건설 문화홍보관

제12회 우리를 지켜주세요!

참가현황	총 56개 기관, 1,131명 참여/출품작 글 393편, 그림 738점
단행본 출판	〈우리가 꿈꾸는 세상〉 2004.08.20. 269쪽, 도서출판 부스러기 〈폭력에서 우리를 지켜주세요〉, 2004.08.20. 223쪽, 도서출판 부스러기

제13회 내가 느끼는 작은 행복/꼭 이루고 싶은 나의 소망/내가 꿈꾸는 미래, 2020년도 어린이 세상은?

참가현황	총 60개 기관, 총 1,647명 참여/출품작 글 566편, 그림 1,081점 단체 공연부문 11개 기관 참여, 단체 작품부문 18개 기관 참여
단행본 출판	〈작은 날개 자동차〉, 2005.08.20. 422쪽, 도서출판 부스러기
전시회	2005.08.20.~22, 여의도 공원

제14회 너는 있잖아, 나의 빛인 것 같아

참가현황	총 86개 기관, 총 1,595명 참여/출품작 글 543편, 그림 1,081점 단체 공연부문 16개 기관 참여, 단체 작품부문 25개 기관 참여
단행본 출판	〈넌 있잖아, 나의 빛인 것 같아〉, 2006.08.18. 211쪽, 도서출판 부스러기
전시회	2006.08.19.~27, 서울메트로 혜화 미술관

제15회 고마워요, 미안해요, 사랑해요

단행본 출판	〈고마워요, 미안해요, 사랑해요!〉, 2007.08.15. 314쪽, 도서출판 부스러기
전시회	2007.08.25.~28, 서울메트로 혜화 미술관

제16회 오늘은 내 세상 내일도 내 세상

참가현황	총 128개 기관, 총 1,393 아동 참여/출품작 글 607편, 그림 1,161점 단체 공연부문 16개 기관 참여, 단체 작품부문 33개 기관 참여, 단체 영상부문 7개 기관 참여
단행본 출판	〈오늘도 내 세상, 내일도 내 세상〉, 2008.08.21. 237쪽, 도서출판 부스러기
전시회	2008.08.22.~25, 서울메트로 혜화 미술관

제17회 한 아이, 꿈을 외치다!

참가현황	총 96개 기관, 총 1,017명 참여/출품작 글 397편, 그림 597점, 미디어 13편 단체 공연부문 참가 10개 기관, 단체 작품부문 참가 41개 기관, 단체 영상부문 참가 13개 기관
단행본 출판	〈한 아이, 꿈을 외치다!〉, 2009.10.15. 224쪽, 도서출판 부스러기
전시회	2009.10.2.~11.01, 서울여성플라자

제18회 만나다 꿈꾸다 함께 걷다

참가현황	총 11개 기관, 총 1,031명 참여/출품작 글 438편, 그림 467점, 공연 39편, 미디어 79편, 단체 공연부문 참가 8개 기관, 단체 작품부문 참가 23개 기관, 단체 영상부문 참가 19개 기관
단행본 출판	〈만나다 꿈꾸다 함께 걷다〉, 2010.11.27. 220쪽, 도서출판 부스러기
전시회	2010.12.01.~07 한국공예디자인문화진흥원 KCGF 갤러리

제19회 늘 꽃 만발한 나무라네

참가현황	총 174개 기관, 총 1,639명 참여/출품작 글 683편, 그림 823점, 공예 33편, 미디어 17편, 서예 11편, 단체 공연부문 14개 기관 참여, 단체 작품부문 44개 기관 참여, 단체 영상부문 14개 기관 참여
단행본 출판	〈늘 꽃 만발한 나무라네〉, 2011.11.12. 264쪽, 도서출판 부스러기
전시회	2011.11.08.~13, 서울역사박물관 1층

제20회 예쁘지 않은 꽃은 없다

참가현황	총 104개 기관, 총 1,399명 참여/출품작 글 335편, 그림 1,016점, 단체 16편, 공예 20편, 미디어 7편
단행본 출판	글그림잔치 20주년 기념 글 모음집 〈세상에서 예쁘지 않은 꽃은 없다〉, 2012.12.03. 216쪽, 도서출판 규장 제20회 글그림잔치 글 모음집 〈예쁘지 않은 꽃은 없다 2012〉, 2012.12.04. 224쪽, 도서출판 부스러기 기념음반발매 〈사랑해요, 부끄러워하지 못한 맘〉, 2012.12.04.
전시회	2012.10.06, 상록리조트 그랜드홀 2012.10.13, 양산 통도 환타지아 2012.11.03, 대전엑스포 시민광장 2012.11.16, 경기중소기업종합지원센터 광교홀
토크 콘서트	20주년 기념 토크 콘서트 2012.12.08. 서교동 자이 갤러리

제21회 제 이야기 들어보세요

참가현황	총 184개 기관, 총 2,048명 참여/출품작 글 764편, 그림 1,222점, 공예 및 단체 47편, 영상미디어 및 공연 15편
단행본 출판	〈제 이야기 들어보세요〉, 2013.10.26. 220쪽, 도서출판 부스러기
전시회	2013.10.12. 수원 장안구민회관 한누리 아트홀 2013.11.23. 대전대학교 맥센터 2013.09.14. 창령부곡하와이 그랜드홀 2013.11.02. 아산캠코 인재개발원 대강당 2013.10.26. 교원별관 교육장

제22회 꿈꾸는 아이가 아름답다

참가현황	총 250개 기관, 총 2,728명 참여/출품작 648편, 그림 1,182점, 소원편지 672편, 만들기/단체 105편
단행본 출판	〈꿈꾸는 아이가 아름답다〉, 2014.12.12. 224쪽, 도서출판 부스러기
전시회	2015.01.08.~11. 메트로미술관 혜화역점

제23회 내일을 부탁해

참가현황	총 260개 기관, 총 2,699명 참여/출품작 글 890편, 그림 1,183점, 소원편지 559편, 만들기/기타 67편
단행본 출판	〈내일을 부탁해〉, 2015.08.28. 176쪽, 도서출판 부스러기
전시회	2015.08.28.~31. 메트로미술관 혜화역점

제24회 꼬옥 안아주고 싶은 우리 가족

참가현황	총 255개 기관, 총 2,637명 참여/출품작 글 741편, 그림 887점, 소원편지 895편, 만들기 32편
단행본 출판	〈꼬옥 안아주고 싶은 우리 가족〉, 2016.09.13. 206쪽, 도서출판 부스러기
전시회	2016.11.18.~20. 천호역 오르락내리락

제25회 자랑하고 싶은 우리 가족

참가현황	총 256개 기관, 총 2,637명 참여/출품작 글 869편, 그림 1,261편
단행본 출판	〈자랑하고 싶은 우리 가족〉, 2017.12.07. 214쪽, 도서출판 부스러기
전시회	2017.12.08.~09. 국회 의원회관

제26회 새싹이, 나무가 되었어요!

참가현황	총 262개 기관, 총 2,442명 참여/출품작 글 673편, 그림 1,511점
단행본 출판	〈새싹이, 나무가 되었어요!〉, 2018.10.15. 208쪽, 도서출판 부스러기
전시회	2018.12.29.~2019.1.3. 서울시청 시민청 갤러리

제27회 세상에 들려주고 싶은 아름다운 나의 이야기

참가현황	총 211개 기관, 총 2,101명 참여/출품작 글 837편, 그림 1,249점
단행본 출판	〈세상에 들려주고 싶은 아름다운 나의 이야기〉, 2019.09.26. 208쪽, 도서출판 부스러기
전시회	2019.10.30.~2019.11.5. 인사아트프라자갤러리 2층 갤러리카페

제28회 나의 특별한 순간, 그 계절의 기억

참가현황	총 252개 기관, 총 2,357명 참여/출품작 글 390편, 그림 1,791점
단행본 출판	〈나의 특별한 순간 그 계절의 기억〉, 2020.10.08. 208쪽, 도서출판 부스러기
전시회	2020.10.21.~10.25. 온라인(유튜브)& 인사아트프라자갤러리(열린 전시회)

제29회 반짝이는 나의 어제, 오늘, 내일

참가현황	총 194개 기관, 총 1,963명 참여/출품작 글 559편, 그림 1,404점
단행본 출판	〈반짝이는 나의 어제, 오늘, 내일〉, 2020.10.08. 176쪽, 도서출판 부스러기
전시회	21.12.06.~22.01.06. 게더타운(Gather Town, 메타버스 온라인 전시회)

제30회 나의 꿈을 그리다, 드림풀

참가현황	총 220개 기관, 총 1,685명 참여/출품작 글 520편, 그림 1,165점
단행본 출판	〈나의 꿈을 그리다, 드림풀〉, 2023.03.17. 192쪽, 도서출판 부스러기
전시회	22.12.14.~22.12.20. 인사동 갤러리보아

제31회 나의 단짝 친구

참가현황	총 125개 기관, 총 1,193명 참여/출품작 글 392편, 그림 801점
단행본 출판	〈나의 단짝친구〉, 2024.05.28. 164쪽, 도서출판 부스러기
전시회	23.11.5.~23.11.11. 127G갤러리

제32회 행복한 우리 마을 이야기

참가현황	총 124개 기관, 총 1,416명 참여/출품작 글 1,041편, 그림 375점
단행본 출판	〈행복한 우리 마을 이야기〉, 2024.12.23. 208쪽, 도서출판 부스러기
전시회	24.10.7.~24.10.12. 172G갤러리

목차

제1부 그림책 같은 우리 동네

제2부 참 좋은 우리동네

제3부 우리동네는 행복한 마을입니다

그림부문

글부문

부록

제1부

그림책 같은
우리 동네

용맹한 호랑이와
재규어와의 만남

이시윤(초저) • 좋은친구지역아동센터

공룡아~ 나랑 사진찍자

남호준(초저) • 무태지역아동센터

알록달록 캠핑마을

최하연(초저) • 브니엘지역아동센터

우리 강아지와 함께하는 줄넘기 대회

김수훈(초저) • 무태지역아동센터

더러운 곳을 쓸어담는 마을

류예승(초저) • 해오름지역아동센터

그림책 같은 우리 동네

이소유(초저) • 보리앗지역아동센터

행복한 우리 마을 이야기

마을공연

김하진(초저) • 성공회원주나눔의집햇살지역아동센터

날마다 변신 하는 우리 동네

양승우(초저) • 은항지역아동센터

일월 공연

유빈(초저) • 푸른지역아동센터

설봉산 등산기

이윤희(초저) • 보리앗지역아동센터

행복한 우리 마을 이야기

우리동네 축제 삼종세트

김근아(초저) • 보리앗지역아동센터

등굣길에 만난 동물들

김하윤(초저) • 푸른지역아동센터

우리 마을은 웃는 마을

심가현(초저) • 보리앗지역아동센터

도덕산 잠자리

최준우(초저) • 행복뜰안지역아동센터

                                          행복한 우리 마을 이야기

우리동네 소개 브이로그

김윤정(초고) • 푸른꿈의의나무지역아동센터

아빠와 함께 간 미술관

김대원(초고) • 늘사랑지역아동센터

행복한 우리 마을 이야기

환경을 사랑하는 우리동네

임채준(초고) • 은항지역아동센터

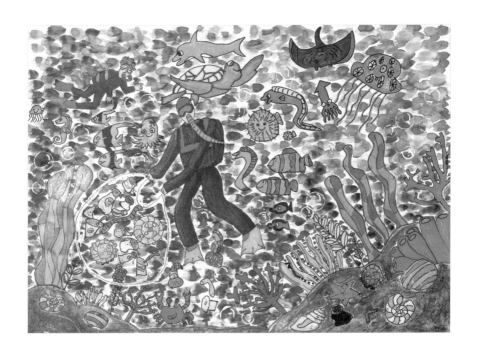

우리마을 수원

김민주(초고) • 스카이지역아동센터

우리의 자랑스러운 문화유산 남한산성

이애지(초고) • 성남우리지역아동센터

일출

박진환(초고) • 구룡포지역아동센터

행복한 우리 마을 이야기

사물놀이와 사자 탈춤 공연 본 날

성하람(초고) • 좋은친구지역아동센터

아름다운 서서울 호수공원

조이림(초고) • 아름다운지역아동센터

함께하는 곤충관찰

하유진(초고) • 사랑의울타리지역아동센터

아름답고 멋진 부천

염승만(초고) • 새롬지역아동센터

행복한 우리 마을 이야기

나의 사랑 부산

박시현(초고) • 꿈꾸는지역아동센터

시민공원

김소현(청소년) • 전포지역아동센터

기장 멸치 축제
(기장 대변항)

김미연(청소년) • 행복지역아동센터(부산)

석남사에서의 숨바꼭질

이은율(청소년) • 세움지역아동센터(안성)

무궁화호에서 KTX로 변신

박서연(청소년) • 행복지역아동센터(부산)

지혜의 공간 속
기장 향교

현예서(청소년) • 행복지역아동센터(부산)

학교 가는 길

아유진(청소년) • 물금지역아동센터

호천마을의 낮과 밤

허요엘(청소년) • 꿈꾸는지역아동센터

일광해수욕장 최고!

전혜지(청소년) • 행복지역아동센터(부산)

우리 동네 풍경

문희진(청소년) • 삼혜원

행복한 우리 마을 이야기

남녀노소 누구나 즐기는 바우덕이 축제

김성준(청소년) • 세움지역아동센터(안성)

기장 시장에서 놀아요

김주영(청소년) • 행복지역아동센터(부산)

행복한 우리 마을 이야기

105년 전 수암동

단체(초등) • 수암지역아동센터

제2부

참 좋은
우리동네

거짓말

심서아(초저) • 부천지역아동센터

나는 거짓말쟁이다. 센터에 오시는 독서 선생님한테 글씨를 모른다고 거짓말을 했다. 우리 독서 선생님은 책을 읽고 나의 생각을 쓰라고 하신다. 그래서 나는 "글씨를 몰라요"라고 말했다.

선생님께서 "쓰고 싶은 만큼 쓰렴" 하셨다. 그래서 나는 책 제목만 쓰고 말았다. 사실은 조금은 쓸 수 있었는데 말이다. 다음번 수업 때도 그랬고, 다다음 수업 때도 그랬다. 나는 글씨를 쓸 줄 알지만, 글쓰기 귀찮고 싫었다. 그러다 거짓말한 걸 깜박하고 글씨 를 써버렸다.

독서 선생님은 커다랗게 두 눈을 뜨고 깜짝 놀라며 "어떻게 된 일이야?"라고 말씀하셨다. 큰일 났다. 선생님이 알아채 버렸으니까. 도망가고 싶었다. 책만 읽고 싶었는데, 글씨를 많이 쓰게 되었다. 거짓 말을 들켜서 내 인생은 글씨 세상이 될 것 같다.

공부하는 세상에 가서 놀기만 했으면 좋겠다.

구름 도시

김재호(초저) • 브니엘영광 지역아동센터

내가 사는 곳은 아주 신기하다

내가 사는 곳은 모두

구름으로 만들어져 있다

그래서 이름은 구름 도시

구름 도시는 구름 참새가 짹짹 울고,

구름 공장이 윙윙 돌고,

구름 말이 타닥타닥 달리고

구름 속 비가 뛰어내릴

준비를 한다

그리고 구름 도시는 내가 사는 곳

그래서 내가 사는 곳은

특별하고 신기한 곳이다

구름 도시는 아주 특별하고 신기한 곳이다

공항

김지민(초저) • 선민아이들세상지역아동센터

비행기를 타고
엄청 멀리 가고 싶다

비행기 타면
하늘에 있는
구름을 볼 수 있어서
기분이 좋다

사람을 보면 귀여울 것 같다

나는 비행기를
타본적이 없다

학교가는 길

최하민(초저) • 종달지역아동센터

학교 가는 길에

여러 가지 색인

그 나무들을 보면

학교에 있는

큰 팽이 나무가 생각난다

나무는 맨날 조금씩

쑥쑥 자란다

나도 맨날 조금씩

쑥쑥 자란다

나는 나무를

조금 닮은 것 같다

행복한 우리 마을 이야기

학교가는 길

최현아(초저) • 참다운하늘꿈터 지역아동센터

친구랑 만나서
학교에 간다
오늘은 뭘 배울까?
오늘은 뭘 먹을까?
오늘은 뭐하고 놀까?
오늘은 학교 가는 길에
누구를 만날까?
비둘기도 친구랑
학교에 가는 지
우릴 따라오네

제2부 · 참 좋은 우리동네

65

땅에용

박라엘(초저) • 부천지역아동센터

비가 오는 어느 날, 길을 가던 나는

그 자리에 탁 멈췄다. 내 발밑에 꼬마 지렁이를 밟을 뻔했다

그리고 보니 비 오는 날은 지렁이들이 워터파크를 가는 날인가 보다

첨벙첨벙 물 파도 풀에 나뭇잎 튜브 타며 깔깔깔 웃었다

잔디 슬라이드 타고 쭉쭉 미끄러져 논다

지렁이도 나처럼 신나게 놀고 나면

꾸벅꾸벅 잠이 들겠지,

반짝반짝 해가 비치는 어느 날 땀이 뻘뻘 흘리며

언덕을 올라가고 있던 나는 힘들어 걸음을 멈췄다

내 발밑에 꼬마 지렁이 때문이다

나는 마음이 아팠다

해가 나오는 줄 모르고 워터파크에서 시간 가는 줄 몰랐나 보다

화산 불이 발밑으로 온 줄 모르고

나처럼 밤이 될 때까지 시끌벅적 놀았나 보다

땅굴 속으로 들어가지 못한 지렁이는 말라 버렸다

그래서 나는 땅속에 있는 집으로 데려다줬다

안녕 지렁이야

쭌이네

박준호(초저) • 충만지역아동센터

쭌이네를 소개합니다

부천시 도당동에 도담초 정문에 있답니다

쭌이네는 할머니가 만든 떡볶이, 치즈스틱, 슬러쉬를 팔아요

쭌이네를 찾는 친구들이 정말 많아요

의자가 16개 있어서 모두 앉아서 쩝쩝 맛있게 먹어요

나도 맛있게 먹고 싶어요

나도 먹고 싶은데 돈이 없어요

나는 쭌이네 앞에서 냄새만 맡고 있어요

떡볶이랑 치즈스틱을 함께 먹으면 매콤달콤 쭈욱 늘어난

치즈를 한입에 넣으면 얼마나 맛있을까?

이제부터 용돈을 모아서 쭌이네로 달려가서

동그란 의자에 앉아 모두 시켜서 꿀꺽꿀꺽 먹을 거에요

우리동네 비밀 장소

한예일(초저) • 시립옥길지역아동센터

만들다 만 것 같은 길
가파라서 위험한 길
자전거를 타면 재밌는 길

하지만 조심해야 하는 길
산악자전거랑 산악 바퀴 아니면
위험해도 너무 위험한 길

그래도 재밌어서
엄마 몰래 가는 길
자꾸자꾸 가는 길

행복한 부천마을 이야기

참 좋은 우리동네

노혜랑(초저) • 부천시다함께돌봄센터

다양한 직업을 가진 사람들이 사는 동네에는 예쁜 분수, 넓은 광장, 볼거리가 많고 신나는 놀이터와 배드민턴장이 있어 놀 거리가 참 많아요.

빵 가게도 빼놓을 수 없어요. 우리 아플 때 치료해 주시는 의사 선생님, 우리를 지켜주시는 경비 아저씨와 경찰 아저씨, 모두 저에게 감사한 분들이에요.

우리 동네는 알록달록 무지개처럼 사람들도 많아요. 학원 갔다 돌아오는 손주를 기다리는 할머니, 아이스크림을 먹으면서 더위를 식히는 언니도 있어요. 제가 다니는 다함께돌봄센터에는 경주 선생님이 계시는데, 제가 까불어도 화를 내지 않으세요.

그렇지만 학교 선생님은 복도에서 뛰면 엄청 혼내시죠. 많은 친구들 앞에서 소리 내어 말하는 것이 부끄러워 입이 잘 떨어지지 않는데, 다함께돌봄센터에서는 큰소리로 웃고 떠들 수 있어요. 놀면서 마음이 편해지는 곳이죠.

참, 그리고 제가 제일 좋아하는 '빙아이스크림'이라는 가게는 친구와 함께 과자도 사 먹고, 시원한 아이스크림이 가득한 곳이에요. 우리 동네는 정말 좋아요.

우리 마을을 도와주시는 분들

서사랑(초저) • 씨앗지역아동센터

우리 마을은 행복합니다. 착하고 바른 사람이 많이 있어서 행복합니다. 하지만 때론 바르지 않은 사람도 있습니다. 어린아이 앞에서 담배를 피우거나, 바닥에 침을 함부로 뱉고, 쓰레기를 버리곤 합니다. 하지만 환경미화원이 계시기 때문에 우리 마을이 깨끗합니다. 환경미화원은 비가 오나, 눈이 오나 항상 쓰레기를 치워주십니다. 정말 감사한 분이지요.

우리 마을은 안전합니다. 불이 나면 많은 피해자가 있을 수 있지만, 소방관 아저씨가 짜잔! 하고 나타나 불을 꺼주기 때문입니다. 그리고 의사 선생님은 우리 마을에 아픈 사람이 있으면 뚝딱! 하고 고쳐주셔서 아프지 않게 해주십니다. 또 경찰 아저씨는 나쁜 사람이 있으면 빨리 나타나서 나쁜 사람들을 체포해 가기 때문에 우리 마을은 안전합니다.

이런 분들이 없다면 우리 마을은 전혀 지금처럼 행복하지 않을 겁니다. 그리고 분식집 사장님, 약사님, 편의점 사장님, 문구점 사장님 등등 가게를 운영하는 많은 사장님들이 없다면 우리는 행복하게 살지 못할 것입니다. 위에 언급된 분들뿐만 아니라, 좋은 사람들이 우리 마을에 없다면 우리 마을은 행복하지 않을 것입니다.

우리 모두 함께 노력하여 우리 마을이 행복이 넘치는 마을이 되었으면 좋겠습니다.

행복한 우리 마을 이야기

우리 동네 놀이터

조현우(초저) • 온누리지역아동센터

나는 우리 동네 놀이터가 좋다. 놀이터에서 제일 많이 하는 놀이는 숨바꼭질이다. 놀이터 구석구석에 숨는 일은 조마조마하면서도 즐겁다. 내가 구석구석 샅샅이 누비며 친구들을 찾아낼 때 왠지 모르게 가제트 형사가 된 느낌이다. 술래잡기가 끝나면 축구를 한다. 굴러가는 공을 따라 우리는 우르르 몰려다니며 공을 뺏고, 차고, 땀 범벅이 되도록 뛰어논다. 하루 종일 놀아도 지치지 않고 즐겁고 신이 난다.

놀이터를 좋아하는 이유 중 하나는 친한 친구들이 많기 때문이다. 같은 동네에서 함께 자라는 친구들이 있어서 좋다. 나랑 술래잡기도 하고, 축구도 하고, 같이 놀아 주는 친구들이 있어서 좋다. 집에 돌아와 샤워하고 에어컨을 켜고 수박을 먹으면 편히고 좋다. 동생이 나를 보고 웃어준다. 오늘 하루도 즐겁게 잘 보냈다. 행복하다.

날아라 슈퍼걸

김도은(초고) • 상대원푸른학교 지역아동센터

내가 상상하는 마을에는 슈퍼걸이 있다.

그 슈퍼걸은 바로 나다. 나는 슈퍼걸이 되고 싶은 이유가 있다. 우리 동네에 어려운 이웃을 도와주고 싶다. 나는 상상을 해본다. 하늘을 날며 상대원 3동을 둘러보고 싶다. 내가 도와주고 싶은 유형의 집은 3가지 종류의 집이다. 하마주택에 사는 아이들은 부모님이 맞벌이를 해서 아이들만 있는 집. 조그만 집에서 혼자서 사는 할아버지가 있다. 마지막 동물주택은 버려진 동물들을 데리고 와서 키워주는 보호소이다. 나는 하마주택으로 갔다. 하마주택에는 아이들이 혼자 살고 있었다. 나는 아이들에게 장난감도 사주고 놀이터에 가서 놀아 주었다. "슈퍼걸! 우리 바다 가자!" 나는 홀로그램 문을 열고 바다로 갔다. 아이들이 놀고 있는 사이에 잠이 들었다. "슈퍼걸! 도와줘!" 잠에서 깨어났다. 아이들이 물속에서 허우적거리고 있었다. 나는 아이들을 물속에서 구해주었다. 아이들은 나에게 고마워했다. 아이들을 집으로 데려다주었다.

아이들은 나중에 또 같이 놀자고 손을 흔들어주었다.

나는 상대원 3동 하늘을 날아다녔다. 조그만한 집을 발견하였다. 나는 조그만 집 앞으로 들어갔다. 조그만한 집에 사는 할아버지가 거동이 불편해 보였다. 나는 할아버지를 도와 집안일도 하고 병원에도 같이 갔다. 그 결과 할아버지는 조금 건강해졌다. 나는 할아버지와 계속 병원도 가고 치료도 잘 받게 했다. 몸이 좋아져서 운동도 할 수 있게 되었다. 할아버지에게 인사를 하고 하늘로 날아갔다. 할아버지는 웃으면서 손을 흔들었다. 나는 엄청난 속도로 날아갔다.

드디어 마지막 집 동물주택으로 갔다. 동물주택은 강아지, 고양이가 많아서 사료가 많이 필요했다. 그래서 나는 많은 사료와 장난감을 기부했다. 아픈 동물들을 동물병원에 데려다 치료를 했다. 보호소 사장님은 고마워서 쿠키를 나에게 주었다. 나는 인사를 하고 집으로 갔다. 몸에 힘이 다 빠지고 피곤함이 몰려왔다. 나는 침대에 누워서 편안하게 잠을 잤다.

다음 날 아침 골목에서 사람들이 말을 했다. "날아라 슈퍼걸!" 나는 몸이 둥둥 떠 하늘 높이 높이 올라갔다. 하늘에서 우주까지 올라갔다. 우주에서 본 지구는 아주 아름다웠다. 반짝반짝 빛이 나는 별처럼 보였다.

나는 다시 내가 사는 상대원 3동으로 날아갔다. 상대원 3동에 도착했을 때 동네 주민들이 "하하호호" 웃음소리가 들렸다. 나는 상대원 3동에 있는 주민들이 행복해서 다행이라고 생각했다. 현실에서는 멋진 슈퍼걸이 될 수 없지만, 어른이 되어서 우리 마을을 지키고 싶다.

이 글에 나온 슈퍼걸이 되어 사람들을 도와주고 주민 모두가 행복한 동네로 만들고 싶다.

우리동네 세탁소

김주은(초고) • 가람지역아동센터

이 이야기는 내가 10년 전 3살 때 이야기다.

그때는 5월 5일, 내가 가장 아끼는 토끼 가방을 메려고 하는데 가방 실밥이 터지고 말았다. 나는 실망하던 중 엄마의 손을 잡고 세탁소를 갔다. 엄마가 세탁소 아저씨께 어린이날에 멜 가방이라고 말씀하니 어린이날 선물로 돈을 안 받고 수선해 주신다고 하셨다.

나는 그때에는 좋은 것인지 잘 몰랐지만 지금 생각해보면 정말 감사하고 다시 감사 인사를 드리고 싶다.

TO. 세탁소 아저씨께

안녕하세요! 저 기억 나세요?

벌써 10년 전 이야기네요. 제가 3살 때 어린이날 선물로 가방 수선비를 받지 않고 고쳐주셔서 감사해요! 그때 당시에도 힘드셨을 텐데 제가 많이 어려서 감사하단 얘기를 못 했던 것 같아요. 그래서 지금이라도 고마운 마음을 표현해 보려고요! 요즘 가끔씩 그곳을 지나갈 때마다 그 생각이나 인사를 드리고 싶은데 저를 기억 못하실까 봐 고민했어요. 이야기와 편지를 쓰면서부턴 인사를 드리고 싶네요. 꼭 한번 가겠습니다. 감사합니다.

이야기 중 나와 비슷한 이야기가 생각난다.

옛날 어느 마을에서 농부가 개를 키우며 살았다. 어느 날 둘은 함께 밭으로 나가 일을 하다가 농부는 잠이 들었다. 곁에서 불길이 일어난 것을 모른 채요.

그것을 본 개는 시냇물에 몸을 담근 다음 불길에 뛰어들었고 모두 끈 다음에야 쓰러져 죽게 되었다는 이야기예요.

이 이야기를 바탕으로 그 고마움을 아는 것은 행복한 마을을 만드는 기초가 된다고 생각한다. 동물도 은혜를 아는데 사람이 알지 못하고 제멋대로 행동하는 것은 말이 안 된다고 생각한다.

'고맙습니다. 감사합니다.' 이 멘트를 늘 잊지 말자.

학교로 가는 길

김연수(초고) • 꿈터지역아동센터

8시 20분경, 오늘도 나는 가방을 메고 학교로 발걸음을 뗀다. 산 바로 아래에 있는 우리 집은 올라갈 때의 고통만큼 뛰어 내려갈 때의 상쾌함이 정말 산뜻하다.

오늘같이 하늘에 구름이 몽글몽글한 날은 하늘을 올려다보고 입을 약간 벌려본다. 엄마는 내가 입을 벌리고 있는 걸 바보 같다고 싫어하지만, 입안으로 시원한 공기가 들어가면 걸음이 가벼워지고 미소가 머금어진다.

내리막길을 다 내려가면 신호등이 없는 횡단보도가 있다. 잠시 기다리면 차가 다 지나간다. 나는 횡단보도의 흰 선만 밟고 지나간다. 나도 내가 왜 이러고 있는지 모르겠지만 어렸을 때부터 흰 선만 밟는 걸 좋아했다.

학교에 가려면 박물관을 지나가야 한다. 박물관 입구에는 작은 잔디밭이 있다. 겨울에는 그냥 밟고 지나가지만, 지금은 잔디밭에 잔뜩 피어 있는 꽃들을 차마 밟을 수 없어 뱅 돌아간다..

박물관 후문에서 친구와 만나면 가파른 오르막길을 오른다. 처음에는 숨이 찼던 이 길이 6년이 지난 지금은 아무렇지 않다. 학교 교문에 도착하면 경비 아저씨께 인사한다. "안녕하세요."

우리 마을 고마운 가게들

신하정(초고) • 따숨지역아동센터

우리 마을에는 고마운 가게들이 많다. 그 가운데 내가 소개할 가게는 내가 다니는 지역 아동 센터에 기부를 해주는 가게 세 곳. 내가 자주 다니는 가게 두 곳이다. 먼저 내가 다니는 지역아동센터에 기부를 해주는 가게를 소개하겠다.

첫 번째는 '꽃마당'이다. 꽃마당은 우리 센터에서 70m~80m 정도 떨어져 있다. 봄이 되면

꽃마당은 우리 센터에 꽃을 기부해주고 이야기를 들려주신다. "따숨지역아동센터에 다니는 아이들이 우리 꽃마당을 지날 때 인사를 참 잘 해요" 이 말을 들으니 니도 꽃마당을 지날 때 인사를 잘 해야겠다고 생각했다. "따숨 어린이들이 꽃처럼 예쁘게 잘 자랐으면 좋겠어요." 난 이 말을 듣고 꽃마당 사장님이 무척 착하더고 생각했다.

두 번째는 '삼천리 자전거'이다. 삼천리 자전거는 따숨지역아동센터에서 160m 정도 떨어져 있다. 삼천리 자전거는 우리 센터에 자전거를 10년 가까이 50대 넘게 기부했다. "혹시 자전거가 필요한 사람?" "네, 저요. 저 꼭 필요해요." 아이들은 손을 들었다. 아이들은 자전거를 타고 센터를 다녔다.

세 번째로는 허니비베이커리이다. 허니비베이커리는 에코시티에 있다. 허니비베이커리는 우리 센터 아이들이 생일일 때, 생일이 아닐 때에도 우리 센터에 빵을 기부했다. 만약 내가 허니비베이커리에 간다면 사장님께 "저는 따숨지역아동센터 신하정이에요. 이 곳의 빵은 아주 맛있어요." 라고 말하고 싶다.

이제부턴 내가 자주가는 가게를 소개 하겠다.

첫 번째는 CU 비사벌 점이다. CU는 우리 센터에서 20m~30m 정도 떨어져 있다. CU에 가면 아주머니가 일하고 계시는데 아주 친절하시다. CU에서 있었던 일이 있는데 나는 그때 학교 가기 전 아침밥을 먹으러 CU로 갔다. 다치우고 가려면 시간이 오래 걸릴 텐데 어떡하지? 걱정하고 있는데 내 마음을 알았는지 "학교 늦으니까 빨리 가, 이거 다

행복한 우리 마을 이야기

아줌마가 치울게" "고맙습니다" 나는 일을 겪게 된 후 CU를 더 자주 갔다.

두 번째는 '주공마트'이다. 주공마트는 송촌 현대 아파트 차에서 10m~20m 정도 떨어져 있다. 나는 주공마트를 많이 가 봤다. 주공마트에는 날마다 똑같으신 분, 똑같은 냄새가 난다. 정말 10년 넘게 변하지 않았다. 주공마트에서 집에 갈 때 주공마트에 계신 할아버지는 "집 갈때 주위 살펴 가라" 나는 이 말을 듣고 고마웠고, 할아버지는 정말 친절 하시다고 생각했다.

이런 가게들이 있어서 우리 마을이 더 따뜻해진 것 같다.

흰구름 같은 우리 마을 백운동

전호준(초고) • 도담지역아동센터

할아버지
백운동이 무슨 뜻이에요?

백운동은
흰 구름이 떠 있는 동네란다

그렇구나
흰 구름같이 둥실 떠 있는
아름답고 멋있는 동네구나

두둥실 떠다니며
막힐 게 없는
내 고향 마을이구나

우리는
백운동 아이들
하늘같이 높이 떠오르자

훨훨 날아다니면서
세상으로 내려보자
백운동을 빛내는 사람이 되자

사랑으로 두둥실 떠다녀보자
기쁨으로 두둥실 떠다녀보자

외계인 마을

오준서(초고) • 브니엘영광지역아동센터

우리 동네는 외계인이 산다.

외계인마다 특징이 있다.

무슨 특징이 있냐면

못생긴 날개가 달려있고

그리고 울퉁불퉁하게 생긴 뿔이 달린 외계인도 있고

자기보다 큰 옷을 입고 있는 외계인도 있다.

그래서 우리는 외계인 대회에 나가면

재미있는 특징 상을 받는다.

우리동네 모델

정대현(초고) • 부천지역아동센터

우리 동네 까마귀는
지붕에 앉아 있다.
우리 동네 모델!

깃털 색 화려하지 않아도
태양 속으로 날아오르면
모델은 초록색 옷을 입는다.

온몸이 까만색
슬퍼하시 밀아라!
까만색은
밤에 별을 빛나게 해주니까

4호선 VIP

이알렉세이(초고) • 온누리지역아동센터

4호선은 내 거다
맨날 타고 다니니까
엄마 차보다 낫다
길이 안 막히니까

상록수역 급행 타고
중앙, 초지, 안산, 정왕, 오이도!
산본, 금정, 평촌, 인덕원, 과천청사
과천, 대공원, 사당 등등 서울역, 당고개까지
쭈욱 슝 하고 지나가는 상록수 급행 짱!

상록수 이동에 사는 내 인생 따봉
교통 만점! 빠른 안산!
난 안산이 좋아요

GTX, KTX도 달리게 될 안산
계속 발전하는 안산
제2의 서울 안산! 영웅 안산!
기대되는 안산!
난 안산이 좋아요~

모두가 내친구

나는 초등학교 6학년이다. 나는 5살 때 시골 마을로 이사를 와서 8년째 시골 마을에 살고 있다. 학교에는 시골 마을이라 그런지 친구가 5명밖에 없다.

첫 번째 친구는 똑똑한 친구, 두 번째 친구는 부잣집 친구, 세 번째 친구는 장난기가 많은 친구, 네 번째 친구는 운동을 잘하는 친구, 다섯 번째 친구는 미술을 잘하는 친구이다.

그리고 우리 마을에는 할머니, 할아버지가 대부분이어서, 할머니와 할아버지가 우리의 유일한 친구이다. 할머니, 할아버지는 우리와 놀아주고, 마트도 같이 가고, 놀이공원도 같이 가는 좋은 분들이다.

사실 내가 제일 좋아하는 것은 용돈이다! 그래서 내가 가장 좋아하는 친구는 똑똑한 친구도 아니고, 부잣집 친구도 아니며, 장난기 많은 친구도 아닌 할머니, 할아버지다.

그런데 어느 날, 나와 제일로 친한 할머니가 위독하셔서 쓰러지셨다. 나는 너무 슬퍼 학교에도 가지 않았다. 이젠 할머니의 집에는 아무도 살지 않아서, 쥐와 벌레들이 득실득실할 텐데 나는 바로 그 자리에 서서 다짐했다.

'할머니의 집을 내가 지켜드려야지.'

나는 바로 할머니의 집으로 달려가 쥐와 벌레들이 득실한 집으로 들어갔다. 정말 무섭고 힘들었지만 그래도 할머니 집이니 열심히 치웠다.

드디어! 다 치웠다. 다 치우고 별과 달을 보며 "별과 달님, 할머니가 다시 저의 품으로 돌아올 수 있도록 해주세요. 그리고…"라며 별과 달님에게 소원을 빌었다. 다음 날 아침 할머니가 기적적으로 돌아왔다는 소식을 듣고 놀란 마음에 황급히 병원으로 달려갔다. 나는 할머니를 보자마자 할머니의 품으로 달려갔다. 그 이후로 할머니는 건강을 되찾아 내가 청소해준 집에서 건강하게 살았다. 우리 마을은 진실된 친구들이 한 명씩은 꼭 있는 신기한 마을이다. 나는 다른 말을 사람들에게 말해주고 싶다.

"우리 마을에 오고 싶은 사람 어서 오세요."

행복한 우리 마을 이야기

엄마의 동네

김가영(초고) • 충만지역아동센터

나의 엄마는 몽골인이다. 이번 여름방학에 몽골에 갔다.

시골 근처 삼촌 댁에 갔다. 삼촌 댁에서 강아지랑 놀기도 하고 두더지? 비슷한 고기도 먹었다. 비주얼은 별로였지만 맛은 괜찮았다. 몽골 가족들과 함께 처음 보는 말도 신기했고, 많은 말이 달려서 경주를 하는 모습은 특별했다.

몽골에서는 한국에서와는 다른 경험을 많이 했다. 쌍봉낙타를 타보았다. 흔들흔들 천천히 가는 낙타 위에서 한눈에 초원을 바라볼 수 있었고, 구름 위로 독수리가 날아다녔다. 몽골에서의 게르를 직접 본 것은 처음이었다. 큰 텐트만 같았다. 침구, 주방이 같이 있었고 냄새는 별로 좋지 않았다. 엄마는 오랜만에 고향에 찾아와 쇼핑도 하고, 어릴 적부터 익숙했던 곳에서 너무나도 신났했다. 나는 강물에서 머리도 감아보았다. 그곳에 사는 사람들은 강물로 머리를 감는다고 했다. 사실 나는 싫었다. 강물로 머리를 감는다는 것이 낯설었다. 강물이 더러워지면 안 되기 때문에 비누를 쓰지 못했다. 강물을 받아 머리를 헹궜다. 하지만 감고 나니 개운해졌다. 깨끗한 자연을 만들기 위한 노력도 볼 수 있었다.

엄마가 살던 곳에 놀러 가서 그 동네 사람들이 살던 것처럼 살고 왔다. 엄마가 살던 동네는 내가 살던 동네와 달라서 힘들었지만, 또 놀러 가보고 싶다.

행복한 우리 마을을 소개 합니다!

박채은(초고) • LH행복꿈터 현동지역아동센터

행복한 우리 마을을 소개합니다!

먼저 우리 집은 아빠랑 내가 살아요. 우리 아빠는 자동차 고치기가 취미이고 헤어스타일이 특이해요. 그리고 나는 학교를 다니는 초등학생이에요.

그리고 두 번째는 옆집 아줌마입니다. 아줌마는 커다란 밭이 있고, 예전에는 이장님이었어요! 그리고 종종 저희 집에 꽃도 주신답니다.

세 번째는 현 이장님입니다. 이장님께서는 귀여운 강아지를 키우십니다. 그리고 가끔씩 경로당에 들르셔서 문제도 해결해주시고, 제가 등교할 때 마주치면 응원의 말씀을 해주시며 칭찬도 해주시는 착한 이장님도 우리 마을에 계십니다.

네 번째는 카센터 아저씨입니다. 우리 동네 앞에는 카센터가 있는데, 매일 아침 저는 통학버스를 기다리며 출근하시는 아저씨를 마주칩니다. 인상은 무서우시지만, 사람들의 자동차를 열심히 고쳐주시는 카센

터 아저씨이자 우리 마을의 주민이십니다.

다섯 번째는 의자 할머니이십니다. 카센터 옆에 집이 하나 있는데, 거기에 계시는 할머니는 매일같이 집 앞 의자에 앉아서 멍하게 계시는 할머니여서 제가 '의자 할머니'라는 별명을 붙여드린 의자 할머니도 계십니다.

여섯 번째는 고양이 할아버지도 계십니다. 우리 동네에는 고양이가 많은데, 그 고양이들에게 밥을 매일같이 주시는 착한 할아버지이십니다. 그래서 고양이들은 매일같이 할아버지 집 앞에서 자고, 놀고 싸우기도 하며, 매일 아침 할아버지가 나오기만을 기다립니다. 그 고양이들이 있어서 저는 고맙습니다. 고양이들이 산에서 내려오는 뱀이나, 생쥐와 각종 벌레들을 잡아줍니다.

마지막으로, 부자들이 살 것 같은 큰 집에 사는 분들이 계십니다. 얼굴은 타이밍이 맞지 않아서 보진 못했지만, 엄청나게 큰 강아지 두 마리와 함께 사십니다. 마당도 엄청 크고, 마당에 나무도 여러 채 있습니다.

이렇게 우리 집, 옆집 아줌마, 이장님, 카센터 아저씨, 의자 할머니, 고양이 할아버지, 부잣집까지! 이 여러 가지 것들이 모여 지금의 우리 옥동 마을이 생겨났습니다. 우리 마을은 행복합니다!

우리마을의 웃음공원

배세림(초고) • 아름다운땅지역아동센터

내가 지금까지 13년이라는 시간을 보내면서 가장 행복했던 순간은 '가족들과 함께 보내던 날'이다. 왜냐하면, 만약 우리 가족이 없었더라면 지금의 나도 없었을 것이기 때문이다.

지금까지 가족들과 시간을 보내면서 웃음이 멈추지 않았던 날들은 샐 수도 없을 만큼 많다. 특히 이런 말을 절대 잊을 수 없다. "괜찮으니까, 너무 걱정하지 말고 평소처럼만 해." "언제나 우리 딸, 동생 편이야." 평소 자신감도 낮고, 뭐든지 부정적으로 생각했던 나에게 힘을 준 이 말들. 만약 내가 이 말들을 듣지 못했더라면 나는 자신감을 가지기 힘들었을 것이다. 그렇지만, 이 응원의 말들 덕분에 용기를 가지고 꿈을 향해 조금씩 다가가는 내가 되었다.

하지만, 요즘 가족들은 나보다 웃음이 부쩍 적어지고, 일 때문에 많이 지친 모습이 보인다. 그래서 내가 생각해낸 방법, 바로 하던 일과 공부를 잠시 내려놓고 함께 나들이하기! 나들이를 생각한 이유는 지친 마음들을 편히 없앨 수 있는 방법 중 나들이가 가장 좋은 방법이라고 생각했기 때문이다.

내가 가족들에게 받은 만큼 보답을 해드리고

싶은 마음에 집과 가장 가까운 '북서울 꿈의 숲'에 가서 기분을 전환시켜 드리고 싶었다. 가족들과 나란히 손을 잡고 북서울 꿈의 숲으로 걸어갔는데, 푸른 나무들과 큰 전망대가 보였다. 우리는 그렇게 북서울 꿈의 숲에서 보기만 해도 기분이 좋아지는 꽃들을 보았다.

아름다운 꽃들을 보니 '하품'이라는 노래가 떠올랐다. 노래 가사 중 "나에게는 늘 한없이 너무도 소중한걸"이라는 따뜻한 가사가 있는데, 순간 우리 가족들도 꽃처럼 소중하다는 생각이 들었다. 그렇게 우리는 예쁜 풍경들을 둘러보며 절대 잊지 못할 시간을 보냈다.

잠시나마 일, 공부로 인해 지친 마음들을 뒤로하고 웃을 수 있었던 소중한 시간이었다.

또 꽃들을 보며 이런 생각이 들었다. '꽃들은 마치 우리의 모습과 같아.' 온 줄기들이 엉켜 있지만 꼭 붙어있는 꽃들,

우리 가족들도 꽃들처럼 생김새, 성격 모든 게 다르지만, 언제나 함께 있으려고 하는 마음은 같다. 이러한 점들이 우리 가족의 모습 같았다.

서로 좋아하는 것, 싫어하는 것도 다른 우리 사이. 그 누구보다 서로를 아낀다. 또 우리는 서로를 의지하고 믿는다.

하지만 이런 좋은 사이에도 아쉬운 점이 하나 있다. 바로 우리 가족들은 모두 표현을 잘하는 편이지만 유독 나만 우리 가족들에게 마음을 잘 표현하지 않는 편이다. 그렇지만 내 마음은 항상 가족 곁에 꼭 붙어 있다. 만약에 멀리 떨어지더라도 마음만은 항상 옆에 남아있을 것이다.

그래서 서로의 마음을 더 잘 알 수 있도록, 화목한 가족으로 돌아올 수 있도록. 일 때문에, 집안일 때문에 지친 가족들을 보게 되면 시간이 날 때마다 이렇게 또 나들이하러 가자고 할 것이다. 정말 나들이를 다녀오니 지친 마음들은 한순간에 사라졌고, 힘이 더 생긴 것 같았다.

또 우리 가족이 북서울 꿈의 숲에 갈 때마다 먼저 반겨주는 수많은 꽃들. 꽃들이 방긋 웃는 모습이 가족들이 웃는 모습으로 보였다.

다음번에는 우리가 꽃들을 반겨주어야겠다. 꽃들 덕분에 웃음을 되찾은 것이나 마찬가지니까. 마지막으로 오랜만에 가족들과 나들이를 나올 수 있어 뜻깊었던 시간이었다.

끝으로, 우리 마을 중 볼거리도 많고, 나들이하기 좋은 장소는 누구나 행복하게 웃을 수 있는 '북서울 꿈의 숲'이라는 웃음공원이다.

우리동네 지구지킴이

백연하(초고) • 영도행복한홈스쿨 지역아동센터

　나는 학교와 센터 수업을 통해 지구온난화가 얼마나 심각한지 깨닫게 되었고, 이 문제를 어떻게 해결해야 하는지에 대해 고민해 보았다. 마침 센터에서 탄소 중립 그린업 동아리원을 모집한다는 소식을 들었다. 나 혼자 활동하는 것보다 다 같이 활동을 하면 지구가 더 빨리 회복할 수 있다는 생각에 친구들에게 같이하자고 했다.

　이 동아리의 첫 활동은 우리가 지구를 지키기 위해 무엇을 해야 하는지에 대해 생각해보고 발표하는 시간을 가졌다. 우리는 종이 영수증 받지 않기, 가까운 거리는 걸어 다니기, 일회용품 사용 줄이기를 실천하기로 다짐했다.

　다른 활동으로는 플로깅백을 만들어 중리 바닷가로 가서 쓰레기를 주웠다. 그리고 쓰레기를 0으로 만들자는 제로 웨이스트 수업을 들은 후 깡깡이 마을 박물관에 방문해 씨 글라스를 활용한 작품들을 관람하고, 우리도 센터에서 씨 글라스를 활용한 보물 작품과 커피 찌꺼기로 만든 캐릭터를 색칠했다. 또 버리는 페트병을 잘라 그림을 그려 전시회에 보낼 예정이다. 마지막으로 저녁밥을 시키지 않고 개인 도시락통을 챙겨 배달 대신 포장하러 갔다.

　이러한 활동들을 통해 지구를 지키고 있다는 생각에 뿌듯했다.

우리동네는 행복한 마을입니다

박지혁(초고) • 안민희망동지 지역아동센터

우리 동네는 경비 아저씨와 만나면 반가운 인사를 나눕니다. 우리 동네는 서로를 배려하고 사랑해 줍니다. 하지만 옆집 아주머니는 다릅니다. 경비 아저씨에게 함부로 행동합니다.

저번 여름에는 경비실에 에어컨이 없어 선풍기를 틀었는데, 옆집 아주머니가 전기세가 많이 나온다는 이유로 선풍기를 빼앗아가 망가뜨렸습니다. 그리고 저번 겨울에는 난로를 빼앗았습니다. 몇 명의 사람들이 옆집 아주머니에게 경고를 주었지만, 옆집 아주머니는 경고를 무시하고 경비 아저씨를 계속 괴롭혔습니다.

그래서 우리는 옆집 아주머니의 악행을 막기 위해 몰래 마을 회의를 진행하였습니다. 마을 회의에서 옆집 아주머니에 대해 알게 되었습니다. 아주머니는 원래 다정하신 분이었지만, 어떤 사고로 인해 머리를 크게 다쳐 성격이 정반대되셨답니다. 그 사실을 알고 난 후, 마을 회의에서는 옆집 아주머니를 배려하고 사랑해 주기로 결정하였습니다.

다음 날 아침, 우리는 아주머니에게 찾아가 준비한 선물을 드렸습니다. 첫 번째로, 우리 모두가 함께 쓴 편지를 드렸고, 두 번째로, 우리가 마음을 담아 전한 따뜻한 말을 해주었습니다.

옆집 아주머니는 경비 아저씨에게 사과했고, 이제 우리는 모두가 행복한 무지개 동네가 되었답니다.

우리마을의 행복한 물놀이

전진한(초고) • 갈마루공부방지역아동센터

나는 충청북도 영동군 상촌면에 살고 있는 전진한이다. 나는 우리 마을이 아주 좋다. 왜냐하면, 계곡이랑 가까워서 물놀이를 자주 할 수 있기 때문이다. 또 물도 맑아서 정말 예쁘고 좋다. 단점이 하나 있다면 바로 돌멩이가 많아서 발이 조금 아프다는 것이다. 그러나 돌멩이가 많기 때문에 오히려 잠수를 해서 돌을 주울 수 있어서 좋다. 그래서 나는 여름에 공부방에서 물놀이를 엄청 자주 할 수 있어 행복하다.

여름에 해가 쨍쨍한 날, 나는 그날에도 물놀이를 하러 갔다. 해가 쨍쨍한 날에 계곡을 보니 계곡에 빛이 비치면서 너무 아름다운 경치였다. 그 경치를 보면서 신발과 양말을 벗었는데, 바닥이 너무 뜨거워서 바로 계곡에 '풍덩' 소리를 내며 들어갔다. 계곡은 정말 신기했다. 역시 여름에 계곡을 가는 이유를 알 것 같았다. 형들과 친구들, 동생들도 계곡에 들어가서 수영도 하고, 잠수를 해서 돌도 줍고, 물수제비를 하니 정말 좋았다. 그리고 물놀이는 혼자서 하는 것보다 여러 명이서 함께 하

는 게 더 재밌는 것 같다. 또 공부할 때는 시간이 느리게 가는 것 같은데 물놀이를 할 때는 시간이 빨리 가는 것 같다는 생각이 들었다.

또 다른 날, 그날은 비가 왔다. 그날도 공부방에서 물놀이를 하러 갔다. 비가 오고 있어서 '괜찮을까?' 하고 생각하면서도 물놀이를 하러 계곡에 들어갔다. 비가 계곡에 '퉁' 소리를 내며 떨어지면서 사라지는 게 정말 예쁘고 신기했다. 그리고 비가 너무 많이 와서 계곡물이 불어나 물가 쪽으로 피신을 했다. 하지만 그렇게 비가 와도 물놀이는 재미있다. 비가 오든 말든 나와 형들, 친구들, 그리고 동생들은 재밌게 놀았다. 재밌게 물놀이를 하고 나서 공부방에 돌아와서 라면을 먹었다. 물놀이를 하고 나서 먹으니 차가웠던 몸이 따뜻해지면서 너무 맛있었다. 비가 와서 걱정되긴 했지만 그래도 아주 재밌었다. 물놀이를 다 하고 나서 많이 아쉬웠다.

우리 마을은 계곡이 가까운 것뿐만 아니라 우리나라 가운데쯤에 위치하고 있어서 서울 같은 곳에 가기 편하다는 점도 좋고, 산이 많아 공기가 깨끗하고 과일을 많이 먹을 수 있다는 장점도 있다. 이 글을 읽고 우리 마을이 얼마나 행복하고 좋은지 알았으면 좋겠다.

행복한 우리 마을 이야기

밤마다 폭죽

김설희(청소년) • 효성지역아동센터

오늘 밤은 나도 마법사
하늘을 향해 마법 봉을 겨누고 불을 붙이면
민들레 홀씨 날리듯
불꽃은 펑 터져 나간다
짧은 찰나지만 자유로운 불꽃은 하늘을 훨훨 난다
밤이 새까만 도화지 위를 거닐 듯
나도 고운 모래사장 위를 거닐면
눈앞에 작은 불덩이들이 하늘을 날며 곡예 한다
불덩이 따라 퍼지는 폭죽 하나 쏘아 올린
친구 되어 빛난다

마을을 지키는 영웅 이야기

장은서(청소년) • 서울시 발달장애인 사회적응지원센터

옛날 옛날, 아주 먼 옛날 마을을 지키는 5명의 영웅이 있었습니다.

첫 번째 영웅은 엄청 매운 것을 잘 먹고 엄청난 운동을 하는 불꽃 사람, 강력한 불의 힘! 영웅이 있습니다. 두 번째 영웅은 얼어버리고 춥게 만들어 적들을 덜덜 떨게 만드는 얼음의 힘! 영웅이 있습니다. 세 번째 영웅은 따뜻한 바람을 만들고 따뜻한 사랑을 주는 바람의 힘! 영웅이 있습니다. 네 번째 영웅은 똑똑하고 치료하는 마음의 힘! 영웅이 있습니다. 마지막 다섯 번째 영웅은 길가에 꽃을 피게 해주고 괴물 먼지로부터 지켜주는 자연의 힘! 영웅이 있습니다.

이 다섯 영웅은 소방관, 경찰관, 선생님, 의사, 환경미화원입니다!

이 영웅들 덕분에 우리 마을은 안전하고 행복하게 지낼 수 있어요!

우리에게 꿈과 희망을 주는 진정한 영웅들입니다.

노래하는 산

윤가율(청소년) • 꿈뜰지역아동센터

우리 동네 작은 산
힘들어도 열심히 산을 오른다
제철 맞은 매미는 맴맴맴

나무 그늘 찾아
바람의 노래 소리를 들으니
땀이 식는다

한 발 한 발 계단을 오르면
"나를 찾아봐라"
오색딱따구리가 노래를 부른다

정상에 오르니 또랑또랑 파란 하늘, 하얀 구름
"잘했네, 잘했다." 노래 불러주네

저를 구해주세요

최용모(청소년) • 충만지역아동센터

우리 동네에는 스몸비들이 아주 많습니다. 좁은 골목길에서 차가 지나가도 스마트폰을 보느라 목을 쭈욱 빼고 좀비처럼 걸어다니죠.

저도 그중 한 사람입니다. 요즘 많은 학생들이 스마트폰 중독으로 인해 등교 거부, 부모님과의 갈등, 학습 지연 등의 문제점이 많아집니다. 초등학생부터 중학생, 고등학생까지 나이를 구분할 수 없이 모두 그런 것 같아요. 저 또한 스마트폰 중독으로 인해 부모님과의 갈등이 매우 심하답니다. 저는 아침부터 시작해서 새벽 1시, 특히 재미있을 때는 새벽 2시까지도 열중하며 스마트폰을 하게 됩니다. 그러다 어느 순간 정신을 못 차리고 잠에 빠져들어 버리죠.

이런 생활이 매일매일 반복되고 있어요. 부모님과 스마트폰 하는 시간을 10시까지 줄이기로 약속했지만, 소용이 없어요. 오히려 이로 인해 부모님과의 갈등은 커져만 가고 더욱 심해져요.

그럼 스마트폰 중독에서 벗어날 수 있는 방법은 무엇일까요? 일단 가장 기본적인 방법은 스마트폰 시간 줄이기, 다른 취미 활동하기, 부모님과 정해진 시간에 스마트폰 끄기 등 여러 가지 방법들이 있지만, 저는 이런 방법으로 스마트폰 사용 시간을 줄이지 못했죠. 지금은 핸드폰 중독 상담까지 받고 있죠. 어쩌다가 핸드폰 중독이 되었는지 잘 모르겠어요. 하지만 지금도 공부는 하고 싶지 않고 게임만 하고 싶어요. 이런 생활을 반복하다 보니 핸드폰 사용 시간이 1시간씩 늘어났고, 지금의 나를 만들었죠. 스마트폰 중독 문제 때문에 부모님과의 갈등은 점점 심해져 갔고, 부모님과 대화를 안 하려고 하죠.

그럼 핸드폰 중독에서 벗어날 수 있는 가장 좋은 방법은 무엇일까요?

제가 생각한 예시는 핸드폰 전원을 끈 다음 부모님이나 다른 사람에게 숨겨 달라고 하는 겁니다. 정해진 시간 동안 핸드폰을 안 쓰는 데 성공하면 그 시간을 점점 늘리는 거죠. 하와이는 스몸비에게 벌금을 부과하고, 중국은 미성년자들에게 스마트폰 사용을 제한하고 있으며, 밤 10시가 되면 인터넷 사용을 더욱 엄격하게 제한하고 있죠. 우리나라에도 이 방법이 도입돼야 할까요?

저는 이 중독에서 벗어나고 싶지만, 아직 벗어나지 못하고 있죠.

상촌에서 토요일마다 하는 축구

송은성(청소년) • 갈마루지역아동센터

토요일 축구는 토요일마다 우리 마을에서 저녁 6시 30분부터 8시 30분까지 하는 프로그램이다. 토요일 축구 대표는 석민이 형이다. 석민이 형은 축구를 좋아해서 토요일 축구 대표가 되었다. 축구팀에서 나의 역할은 공격수이다. 공격수는 수비수를 뚫고 골을 넣는 역할을 한다. 나는 지금도 공격수를 맡아 하고 있다.

형들이랑 처음으로 축구를 했었는데 그때는 아무도 몰랐었지만, 지금은 다 알아서 좋다. 형들이랑 축구를 했을 때 이겼던 날은 내가 4골을 넣었을 때이다. 저저저저번주에 축구를 했을 때 내가 드리블해서 넣고 슬라이딩 슛을 해서 넣었다. 그때 형들이 나한테 수고했다고, 잘했다고 했을 때 기분이 정말 좋았다. 그리고 즐거웠다. 이번에 내가 전설적인 골을 모아 봤는데, 첫 번째 골은 석민이 형의 헤딩 골이다. 석민이 형이 점프해서 머리로 공을 쳤다.

그다음은 석범이 형의 왼발 슈팅 골이다. 석범이 형이 드리블을 계속하다가 슛을 때렸는데 결국엔 골을 넣었다. 서원진의 골도 있었다. 원진이가 해트트릭으로 골을 넣었다. 그다음은 수비이다. 최고의 수비는 석민이 형이다. 석민이 형은 수비를 잘해서 수비를 많이 하고 있다. 석민이 형의 수비 능력은 아직도 살아 있다. 최고 공격수는 석범이 형과 현보 형이다. 석범이 형은 왼발잡이여서 왼발로 슛을 때린다. 석범이 형은 몸싸움으로 공격수와 수비수를 제치고 슛을 한다. 다음은 현보

행복한 우리 마을 이야기

형이다. 현보 형은 달리기가 빨라서 다른 형들이 막지 못한다. 지금 현보 형은 몸살감기에 걸려 축구를 못 하고 있다. 빨리 나아서 같이 축구를 했으면 좋겠다. 다음은 윙을 맡은 지환이 형이다. 이 형은 윙을 맡고 있다. 윙에서 드리블하며 패스를 준다. 지환이 형은 알까기를 많이 시도한다. 될 때도 있고 안될 때도 있다. 지환이 형은 아직도 축구를 많이 한다. 다음으로 두 번째 윙 태선이 형이다. 태선이 형은 몸집이 크고 몸싸움도 잘한다. 태선이 형은 개그맨처럼 나를 웃기게 한다. 축구할 때도 웃으면서 즐겁게 한다. 태선이 형은 슛은 잘 못 하지만 드리블을 잘한다. 태선이 형은 축구에 진심이 담겨 있는 것 같다. 그다음은 종열이 형이다. 최고의 골키퍼이다. 종열이 형은 쫄지만 막는 것은 잘한다. 종열이 형은 자기가 찰 거라고 욕심을 부린다. 골을 넣은 적도 많다.

 다음은 최고의 골키퍼 상범 쌤이다. 상범 쌤은 종열이 형과 달리 쫄지도 않는다. 상범 쌤은 얼마 전에 발을 다쳤었는데 지금 축구를 잘하고 있다는 게 정말 대단하다. 다음은 최고의 중거리 골 지훈이 형이다. 지훈이 형은 상범 쌤을 뚫고 슛을 한다. 지훈이 형은 달리기가 현보 형보다 빠르고 20° 각도에서 슈팅도 한다. 지훈이 형은 웃음으로 넘어가준다. 다음은 최고의 골키퍼 원진이다. 원진이는 볼을 전부 다 막는다. 원진이는 아파도 울음을 참으면서 계속 골키퍼를 하고 있다. 지금도 원진이는 골키퍼를 아주 잘하고 있다. 다음은 나다. 나는 최고의 공격수인데 이번에 내가 2골을 넣었다. 형들이 나한테 패스를 많이 줘서 골을 넣었다. 형들과 나는 친해지면서 축구를 하고 있다. 나의 다짐은 오랫동안 형들과 함께 축구를 하는 것이다. 나중에는 축구를 못 할 수도 있지만 내가 축구를 할 수 있는 한 형들이랑 재미있고 즐겁게 축구를 하고 싶다. 축구는 축구의 날이 아닌, 즐거운 날이라고 생각한다.

울 할머니

신재빈(청소년) • LH행복꿈터 우리나래지역아동센터

"밥 무라!"
외치는 울 할머니

감겨오는 눈꺼풀을 잡고
아늑한 침대를 꾸물꾸물
이불은 하늘 위로 도망가고

익숙한 발소리 쿵쿵
햇살이 윙크하는 이른 아침

"밥묵제이!"
외치는 울 할머니

우리동네 특별한 학원

김선진(청소년) • 반월중앙행복한홈스쿨지역아동센터

"나는 정말 싫었다." 초여름 내가 초등학교 4학년이 되고 7개월이 지난 어느 날이었다. 그 당시 내가 이 세상에서 제일 싫어하던 건 공부였다. 그때는 곱셈과 나눗셈조차도 질색하며 쉬운 것조차 하기 싫어했다. 지금 생각해보면 그때의 나는 공부보다 가족보다 노는 것을 더 즐기는 아이였다. 그러던 어느 날, 지호와 지연이라는 가장 친하게 지내며 맨날 같이 놀던 친구들이 있었다. 어느 날 친구들이 아동센터를 같이 다니자며 나에게 부탁을 했다. 그때 나는 아동센터가 무엇인지도 모르고 있어서 가기 싫다고 하자, 친구들이 거기는 공부도 하고 놀러 다니기도 한다며 나라에서 지원하는 학원이라 돈을 내지 않아도 된다고 하며 계속 나에게 같이 다니자고 부탁했다. 처음에는 공부를 한다는 말에 그냥 학원인가 싶었는데, 놀러 다닌다는 말에 혹해서 친구들의 말에 알겠다고 하게 되었다.

그 후 나는 엄마에게 가고 싶다고 징징대며 결국 동생과 같이 센터에 가게 되었다. 운 좋게도 그때 체험 학습(놀러 가는 날)이 다다음 주였다. 나는 그날 전까지 온 힘을 다해 싫어하는 공부도 하고, 아동센터 아이들과도 친하게 지내며 여러 프로그램을 하며 지냈다. 체험 학습을 다녀온 후 나는 아동센터가 좋지도 싫지도 않은 중간쯤에 서게 되었다. 그러던 중, 나와 학원을 같이 다니던 친구들이 나와 다툴 때마다 아동센터에 다니는 나와 친해진 친구들만 골라 내가 숨기고 싶었던 가정사와 나의 욕을 아동센터 아이들에게 떠벌리기 시작했다. 그래도 나를 믿어주고 소중히 여겨주는 친구들 덕에 좀 괜찮았는데, 그 아이들과 동조하며 나를 괴롭히는 친구들 때문에 아동센터를 싫어하게 되었다.

선생님이 없을 때 몰래 괴롭히는 친구들 때문에 이를 말할 수도 없어 괴로워하며 아동센터에 가기를 꺼려하게 되었다. 그래서 나는 엄마에게 아동센터를 다니기 싫다고, 아이들이 괴롭혀서 다니기 싫다고 말했다. 엄마는 "네가 다니겠다고 했으니 책임져야 하지 않겠니? 그리고 걔네가 괴롭힌다고 피하면 다 해결이 되니?"라고 하시며 다니지 않을 수 없다고 하셨다. 그때는 엄청 서운했고, 솔직히 위로받고 나를 괴롭히는 아이들을 혼내주길 바랐는데 뜻대로 되지 않아 무척 서운했다.

지금 생각해보면 엄마 입장에서는 내가 다니고 싶다고 해서 더운 날 고생하면서 신청해줬는데, 책임 하나 못 지고 괴롭힘을 당했다고 도움을 청하는 것이 아니라 도망치려고 하니 실망스러우셨던 것 같다. 하지만 그때 나는 서운했고 그때부터 삐뚤어진 생각을 하며 학원, 학교, 집 모든 공간에서 내 멋대로 하며 반항하며 질 나쁜 아이가 되었다. 그렇게 막 나가는 행동을 하니 친한 친구와 동네 동생들이 나에게서 멀어지게 되고 선생님들은 나에게 칭찬 대신 꾸중만 하셨다.

엄마도 나를 포기하며 나는 외로운 사람, 즉 외톨이가 되었다. 나는 초등학교 5학년에서 중학교 1학년 초반까지도 내가 왜 외톨이인지, 사람들이 왜 나를 피하고 싫어하는지, 남들이 왜 나를 욕하는지 깨닫지도 못했고, 알려고 노력조차 하지 않았다. 그러나 그때 내가 깨달을 수 있는 사건이 찾아왔다.

그 사건은, 내가 친구에게 늘 했던 행동이 친구에게 상처가 되어 친구가 결국 화가 터지며 큰 말다툼을 하다가 아동복지센터 선생님께 혼

났던 때였다. 처음에는 불만이 많아 내 잘못을 인정하지 않고 말대꾸를 했었는데, 그때 선생님이 나에게 엄청 중요한 조언을 해주셨다.

자세히 기억은 안 나지만 그때 나는 솔직히 선생님의 말씀이 이해가 가지 않았다. 하지만 너무 궁금했고, 왜 그런 말씀을 하셨는지 궁금해지기 시작했다. 그래서 집에 와서 생각을 정리하고 요것 저것 생각하다 보니 선생님이 하고자 했던 말을 깊이 깨닫게 되었고, "아, 내가 잘못된 삶을 살아왔구나."라고 반성할 수 있었다. 그 일이 있고 나서 내가 그 잘못을 고치려고 노력하니 주변에서 나에게 이로운 조언과 격려의 말, 그리고 칭찬도 해주며 나에게서 멀어졌던 사람들이 하나둘씩 나를 다시 봐주게 되었다. 그때 나는 한 가지 교훈과 한가지 감사를 얻게 되었다. 내가 먼저 선의를 베풀어야 남도 나에게 선의를 베푼다는 교훈과 내 삶을 바로잡아 준 아동센터에 대한 감사였다. 이 일을 계기로 아동센터가 나에게 큰 이로움을 주었음을 깊이 깨달았다.

아동센터는 그저 학생이 아닌 가족처럼 나를 대해주었다. 그리고 나는 세 가지 다짐을 하게 되었다. 첫 번째 다짐은 나중에 어른이 되어 우리 아동센터에 돌아와 아이들을 도와주며 봉사하겠다는 다짐이었다. 두 번째 다짐은 "우리 아동센터가 아니더라도 봉사라면 어디서든 해야겠다."라는 굵고 진한 다짐이었다. 그리고 가장 중요한 마지막 다짐은 내가 아동복지센터에서 받은 교훈과 내 삶의 바른길을 굳건히 잡고 크게 성장하여 나를 괴롭혔던 아이들에게 나의 성공으로 복수하리라는 열정의 다짐이었다.

우리동네 한강공원

이지훈(청소년) • 서울시 발달장애인 사회적응지원센터

우리 동네 한강공원
아빠랑 함께하니 더욱 즐거워요
"더 높게 더 높게" 외치는 아빠
아빠는 키가 크니까 높이 날리지
나는 아직 키가 크고 있는 중이라
내 연도 아빠보다는 낮게 날아요

바람이 불면 내 연도 흔들려요
내 연이 망가질까 봐 무섭고 걱정돼요

그럴 땐 아빠가 연을 잡고 있는 내 손을 잡아줘요
그러면 연도 안 흔들리고 내 마음도 편안해져요

아빠는 나에게 하늘입니다
끝없이 넓고 푸른 하늘처럼
내 꿈을 펼칠 수 있도록 내 손을 잡아주는 하늘 같은 아빠

정월대보름

노원호(청소년) • 문산지역아동센터

사람들이 차곡차곡 무언가를 쌓는다
어라?
잘 보니 찌푸리기다

지푸라기 탑은 점점 더 높아지고
사람들은 점점 더 모여들고
하늘은 점점 더 어두워진다

마침내
'화르륵!' '화르륵!'
지푸라기 탑이 불타오른다

경쾌한 꽹과리 소리가
멀리멀리 퍼지고
사람들이 장구를 치면서 빙빙 돈다

꾹꾹 마음을 적은 소원 종이와 지푸라기 탑이
달로 타오르자
둥근 달이 더욱더 붉게 물들어간다

우리 동네의 따뜻한 이야기

정유나(청소년) • 아름다운땅지역아동센터

내가 살면서 가장 재미있고 좋아하는 곳은 '우리 동네'다. 우리 동네는 보통의 다른 동네를 보다 더 따뜻하고 돈독했다. 길에 나가면 서로서로 챙겨주는 이웃들이, 마트에 가면 계산을 어려워하시는 할머니, 할아버지들의 곁에 도움의 손길들이, 누가 봐도 정말 따뜻하고 애틋했다. 나도 정이 많은 우리 동네로 이사 올 수 있어서 기뻤다.

이 동네로 이사 온 후 센터를 다니기 시작했다. 센터에서 공부하니까 학교 성적은 점점 좋아지고 지금 중학생 최근 수학 시험도 점수가 정말 좋게 나왔다. 내가 노력해서, 열심히 해서도 있지만 동네 친구들과 선생님들의 '응원'의 힘 덕분인 것 같다. "넌 할 수 있어.", "화이팅! 응원할게" 등 응원의 메시지 덕에 힘이 나고 자신감이 생겼다. 나의 진로를 위해 힘써주시는 선생님들을 보고 대단하다고 느꼈고, 그 덕에 학교에서 친구들과 재밌게 지내고 선생님들 수업에 집중하는 능력이 더 늘었던 것 같다. 하지만 속상한 일도 많았다. 친구와 처음 싸웠을 때 어떻게 해야 할지 몰라서 방황할 때 주변 선생님들께 도움을 많이 받았다. 그래서 친구들과 사이가 점점 더 좋아지고 있다.

이렇게 우리 마을엔 정말 좋은 선생님, 친구, 이웃, 부모님들이 많이

행복한 우리 마을 이야기

계신다. 난 우리 동네가 좋다! 우리 동네에 있으면 행운이 걸어오는 것 같다. 우리 동네는 호빵 같다. 호빵은 한 입 먹으면 있던 걱정도 사라지고, 몸도 마음도 따뜻해지고 위로까지 된다. 그런 것처럼 우리 동네에 있으면 호빵의 따뜻함이 우리들에게 오는 것만 같다. 단연 최고는 우리 가족이다. 나를 응원해 주고, 내 친구들도 나를 응원해 준다. 그래서 우리 동네가 너무 좋다! 나는 다른 동네에 살고 있는 친구들에게 우리 동네를 당당하게 소개해 주고 싶다.

우리 동네의 특징, 우리 동네 사람들의 사이가 얼마나 좋은지, 이웃들 덕분에 우리의 꿈이 얼마나 커지고 있는지, 등을 소개하고 나누며 행복한 삶을 보내고 싶다. 그래서 내가 소개하고 싶은 장소는 바로 우리 동네이다. 여러분도 우리 동네에 놀러오세요!

오래된 나무

박예은(청소년) • 꿈마을지역아동센터

언덕에 있는 우리 동네, 할머니 사셨을 적엔
꼭꼭 숨어라, 숨바꼭질 나무
할머니 졸졸 따라다니던 우리 아빠는
달리고 달리는 지탈놀이 하고

나와 동생이 그네 타며 놀았을 땐
그 옆을 지켜주는 든든한 나무
언제나 우리 가족 응원하며 묵묵히 지켜주면서

할머니,
우리 아빠,
동생과 추억도
노누 어린 시절 함께한 오래된 나무

우리 가족 얼굴 익히며 나이를 더해간
오래된 나무 지나갈 때면
짙은 주름 잔잔한 미소 띠며 지친 나에게
땀방울 식혀준다네

행복한 우리 마을 이야기

정겨운 영주

김은채(청소년) • 행복한홈스쿨지역아동센터

옆집에는
백구가 멍멍

그 옆집에는
된장찌개 냄새가 솔솔

그 옆집에는
정겨운 옛날 노래가 랄라

어쩌면
시끌벅적 도시보다
더 평화로울지도 몰라

어쩌면
뛰뛰빵빵 도시보다
더 편할지도 몰라

송파구 자랑 성내천

이윤근(성인) • 서울시 발달장애인 사회적응지원센터

멀쩡한 여름날, 툭! 하고 떠오르는 저희 동네의 자랑 바로 성내천이 있습니다. 성내천의 물놀이장은 저에게도 행복하고 즐거운 추억을 준 장소랍니다. 수심은 낮지만 물총 놀이, 잡기 놀이로 저의 어린 시절 뜨거운 여름을 시간 가는 줄 모르고 시원하게 보내게 해주었고 지금은 발을 담그며 가족들과 돗자리를 펴고 앉아 맛있는 음식을 먹을 수 있게 해주는 행복한 장소입니다.

저희 동네에 있는 성내천은 근처에만 가도 사람들을 행복하게 해줍니다.

하하 호호 봄에 피는 벚꽃 사이로, 강아지와 함께 산책하는 사람들의 웃음 사이로, 시원한 가을과 겨울에는 노래자랑과 축제로 모두를 기쁘게 해줍니다.

송파구의 자랑 성내천에는 운동기구도 있어서 헬스장 못지않게 운동하기 딱 좋은 장소입니다. 우리 집도 성내천과 아주 가까워서 종종 운동도 하고 자전거도 타고 강아지 산책도 시키는 힐링의 장소입니다.

행복한 우리 마을 이야기

박재근(성인) • 성광지역아동센터

우리 가족은 완도읍에서 오랫동안 회사에서 제공한 관사에서 살다가 2000년 6월 말 정년퇴직을 앞두고 우리 가족이 살아야 할 집을 구해야 했다. 미리 준비했어야 했는데, 그런 마음의 여유가 없었나 보다. 아니, 경제적인 여유가 없었다고 해야 옳을 것 같다. 퇴직금으로 읍에서 아파트를 구입하기가 어려워서 읍내에서 조금 떨어진 대구미라는 마을에 우리 가족이 거주할 소박한 집을 건축하고자 계획을 세웠다. 지인을 통해 사들인 토지 위에 여느 집처럼 집을 건축했다. 주 소재는 판넬, 외벽 마무리는 색깔이 있는 벽돌이었고, 주로 하얀색이었다. 지붕은 스페니쉬 기와를 연상케 하는 강판이었다. 2달 반밖에 소요되지 않았는데 건축은 완료되었고, 우린 감사 예배를 드리고 입주했다.

이사 후 가장 먼저 우리 부부는 집 가까이 있는 하천가에 버려진 쓰레기를 수거하고, 주민들이 이곳에 버리지 않도록 홍보와 도움을 요청했다. 마을 주민 대부분이 연세가 많아 오래된 습관을 고치는 것이 쉽지가 않았다. 그러나 이제 이곳에 새롭게 집을 건축하여 살고 있으니 깨끗하게 살 수 있도록 도와달라고 만날 때마다 부탁을 드렸다. 이제는 버리는 사람도, 소각하는 사람도 없는 장소로 변했다. 쓰레기를 소각하던 그 자리에 꽃사과나무를 심어서 아름다운 꽃을 볼 수 있는 장소로 변화되었다. 점차 배나무와 무화과나무도 심었다.

두 번째는 농로길 파인 부분을 시멘트로 채워주는 작업이었다.

집 주변은 넓은 간척지에 아스콘 포장이 된 6미터 도로이나, 오래되고 보수가 이루어지지 않은 탓도 있지만, 농민들이 자신의 소유지 논에 물길을 만드느라 도로를 파헤치고 파이프를 묻어 사용 후 원상태로 포장을 해야 하는데 그 일을 하지 않아서 발생한 문제였다. 운전할 때 그곳을 통과할 때는 속도를 필히 줄여야 했지만, 모르고 지나가면 그 충격이 여간 심한 것이 아니었다. 짜증이 나고 인상을 찌푸리기 일쑤였다. 우리 부부는 이를 해결하기 위해 집에서 시멘트를 반죽해 리어카에 싣고, 흠이 큰 부분들을 메우기 시작했다. 마을 주민들도 감사의 인사를 전하며 지나갔다. 모든 부분을 완벽하게 해결할 수는 없었지만, 그래도 이제는 마음 놓고 운전할 수 있음에 감사한다.

세 번째는 농로 주변 풀밭에 버려진 쓰레기를 수거하는 작업이었다. 대형 쓰레기봉투는 완도읍사무소의 도움을 받았고, 수거 후 모아둔 쓰레기는 완도읍의 쓰레기 수거 차량이 수거하는 식으로 처리했다.

행복한 우리 마을 이야기

마지막으로, 누군가가 양심을 버린 대형 폐기물은 바로 수거하지 않았다. 길가에 한 달쯤 보기 흉하게 방치해 두었다. 동네 사람들이 보고 느낄 수 있도록 말이다. 일정 기간이 지난 후 스티커를 사서 부착하고, 완도읍 쓰레기 수거 차량에 연락해 수거토록 조치했다.

네 번째는 '마을 주민의 작은 손과 발이 되자'라는 생각으로 마을 팔각정 청결을 위해 물청소를 하고, 목조에 전용으로 칠하는 오일 스테인 도료를 구입해 칠하고, 마을 간이 상수도를 관리하는 등 공동체를 돌아보는 중이다.

바라건대, 아무것도 아닌 나를 통하여 우리 마을과 주변이 조금씩이라도 계속 변화해가는 모습을 보며 너무너무 감사해 본다.

우리 가정에서 반찬이 남으면 혼자 사시는 분들과 함께 나누어 먹고, 야채도 과일도 심어서 이웃과 함께 나누어 먹는 우리 마을은 점점 행복한 마을이 되어가고 있다. 더욱 바라는 것은 내가 속한 이 마을과 공동체가 지속적으로 변화되길 소망해 본다.

제3부

우리동네는
행복한
마을입니다

기장체육관에서의 체육대회

이경민(청소년) • 행복지역아동센터

신나는 서핑학교

이현영(청소년) • 행복지역아동센터

행복한 우리 마을 이야기

같이 줍깅

박서현(초고) • 꿈꾸는지역아동센터

민주지산 등산

이소정(초고) • 갈마루지역아동센터

사랑이담긴 편지와 선물

정재민(초고) • 꿈꾸는지역아동센터

아름다운 안양천 벚꽃축제

민효진(초고) • 하안누리지역아동센터

호로고루성 해바라기

단체(초등) • 전곡지역아동센터

나는 알고 있다

김민건(초고) • 부천시 다함께 돌봄센터

길을 걷는데 길가의 꽃들이 예쁘다
그 꽃들이 항상 밝고 예쁘게 있을 수 있는 이유는
다 환경미화원분들 덕분이다
비가 오나 눈이 오나 항상 청소해 주시는 환경미화원분들
길가다가 마주치면 스치듯 지나치기도 한다
너무나도 뜨거운 여름날,
뜨겁게 올라오는 열기 위에서 내치는 형광 조끼를 입고
묵묵히 청소해 주시는 환경미화원분들이
우리 동네 골목에 계신다
쓰레기들이 있는 곳에서 꽃이 자랐으면
쓰레기에 묻혀 꽃들을 알아보지 못하고 그냥 지나쳤을 텐데
그분들이 청소해 주신 덕분에
꽃들이 햇빛을 받고 빛을 낸다
꽃들이 밝게 피어서 우리 동네는 화목하다
환경미화원분들이 만들어주신 우리 동네는
아름답고 깨끗한 동네다
밝게 인사해 주시는 환경미화원분들의 얼굴은
웃고 있지만, 마음은 힘들다는 것을 나는 알고 있다
우리 동네의 영웅들이 누구인지도 나는 알고 있다

128

행복한 우리 마을 이야기

오래된 나무

박지현(초고) • 꿈마을지역아동센터

우리 학교에 있는 느티나무

우리 학교의 상징 느티나무

겨울에는 바람을 이기지 못해

잎이 없는 초라한 모습이지만

봄에는 다시 예쁜 싹이 자란다

항상 등교하는 장난꾸러기

우리를 보고 웃고 있는 느티나무

꾸중을 듣고 힘들 때는

잎을 흔들어주고

함께하는 오래된 나무

우리동네 은행동

백지강(초고) • 소망지역아동센터

은행동에는 '쿠우쿠우'도 있고
'롤러 스케이트장'도 있고
'보드게임 카페'도 있고
'오락실'도 있어서 좋다

내가 가장 좋아하는
오락실에서 '펀치 게임'도 하고
'인형 뽑기'도 '농구 게임'도 한다

언제나 즐겁고 재밌는
우리동네 은행동은
늘 즐거워

놀이터에 가요

염서율(초고) • 참다운하늘꿈터지역아동센터

오늘은 엄마랑 아빠랑 놀이터에 갈 거다

재밌겠다!

갈 생각을 하니 가슴이 두근두근

기대된다!

아직 출발도 안 했는데

신이 나 개구리처럼 폴짝폴짝

"엄마, 우리 언제 가?"

엄마가 놀이터에 못 간다고 말하는 순간

내 눈에는 눈물이 그렁그렁

내 마음은 와장창

털썩 풀린 내 다리

화가 나 방문을 쾅!

"바람이 닫은 거예요"

범박산

이예은(초고) • 시립옥길지역아동센터

팔랑팔랑 나비가 있다

건드리면 펑 터지는 버섯이 있다

떼굴떼굴 도토리가 굴러다닌다

나뭇잎 사이로 걸어가면 바스락바스락

열매가 툭 떨어진다

도토리를 피리처럼 불면

범박산이 합창을 한다

행복한 우리 마을 이야기

계양산

김상우(초고) • 효성지역아동센터

계양산에 갔는데 꽃들이 많았다

계양산을 올라가다 보면 모기랑 벌레도 좀 있는데 징그럽다

계양산에 올라가다 보면 정상으로 가는 길과 흔들다리로 가는 길이
나누어져 있다

정상으로 가는 길은 더 길고, 흔들다리로 가는 길은 상대적으로
더 짧다

정상으로 가는 길에는 아이스크림을 되는 곳도 있어서 사고 싶어진다

정상에는 실수 있는 의자도 있고 쌍안경도 있다

흔들다리로 가면 큰 다리가 있는데 다리 가운데에서 점프를
뛰면 흔들리는데 조금 무섭다

계양산을 올라가다 보면 배도 고프고 목이 말라서

계양산에 올라가기 전에 물과 간식들 사가야 한다

1+1, 덤&덤

양다역(초고) • 365드림지역아동센터

우리마을 가래비시장
양주사람 모두 모였네
친구들, 동생들 모두 모여라
책을 사면 필통이 덤이요!

우리 마을 가래비 장터
없는 것이 하나 없네
어른들 이웃 주민 모두 놀러 오세요
가방을 사면 에코백이 덤이에요!!

우리마을 플리마켓
싸요! 싸요! 공짜요!
파는 사람 사는 사람 모두 하나
하나 사면 하나는 덤이요

행복한 우리 마을 이야기

팽나무

윤지은(초고) • 종달지역아동센터

팽나무는 바람에 흔들거린다
다행히도 팽나무는 안 꺾어졌다
마치 힘이 쎈 나무 같다
팽나무의 몸은 딱딱하다
팽나무는 가만히 있어도 든든하다
팽나무가 그래도 크면 그늘을 만들어준다

하하랑 호호랑 동네 한 바퀴

박재우(초고) • 서울시 발달장애인 사회적응센터

호랑이 옷을 입은 송파구 친구
하하랑 호호랑 함께 놀아요
롯데월드에 무서운 바이킹을
하하랑 호호랑 손잡고 타면 무섭지 않아요

2층, 3층 쌓아 올린 치킨버거를
하하랑 호호랑 함께 먹으면 더욱 꿀맛

미용실에서 멋있게 변신한 내 모습처럼
하하랑 호호랑 변신하고 싶지만
하하와 호호는 싹둑 할 털이 없어요

우리 동네의 뚝딱 마법사

김지아(초고) • 무태지역아동센터

배 아플 때 찾아가면
뚝딱
고쳐주는 의사 선생님

집에 불이 나면
뚝딱
불 꺼주는 소방관

범죄가 일어났을 때
뚝딱
해결해주는 경찰관

보고 싶은 사람에게 마음을 전할 때
뚝딱
전해주는 집배원

나도 나중에 뚝딱 마법사가 되어보고 싶다

우리 동네 월산 마을

김소현(초고) • 도담지역아동센터

달에 가장
가깝다고 월산 마을

산 위로 달이 떠오르면
정말로 이쁘고 아름답네

깊은 밤
새들도
잠이 들고

달님은
밤새도록
눈을 뜨고
내려다보지요

달님은 저녁만
좋아하나 봐요

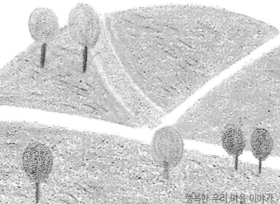

행복한 우리 마을 이야기

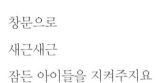

창문으로
새근새근
잠든 아이들을 지켜주지요

아이들의
고운 얼굴에
달빛으로 환하게
색칠을 해주는
우리 월산 마을이래요

아라뱃길

이지성(초고) • 효성지역아동센터

우리 마을에는 아라뱃길이 있어요!

아라뱃길은 자전거 타기 좋은 자전거 트랙이 있어요. 자전거를 탈 때는 바람을 가로질러서 상쾌함과 동시에 시원해요.

그리고 아라뱃길은 매년 마라톤대회가 있어요. 마라톤에 참가했는데 처음 뛰어 보아서 숨이 찼어요. 하지만 친구들이랑 풍경을 보며 버텨서 완주했어요.

완주 메달을 받았는데 너무 예쁘고 좋았어요.

완주 메달을 보니 "내가 해냈다!"라는 성취감이 들어 기분이 좋았어요.

마지막으로 여러 축제를 개최해요.

워터밤 축제는 물총 같은 것을 이용해 물을 쏘는 놀이에요.

또 워터밤 축제 말고 여러 가지 축제가 있어서 여러 가지를 즐길 수 있어요.

송천동이 좋아

정강우(초저) • 따숨지역아동센터

내가 가장 좋아하는 건
천변이 좋아
왜 좋냐면
우리한테 걷게 해주니까

그다음엔 건지산이 좋아
왜 좋냐면
봄 여름 가을 겨울을 다 알려주니까

내가 좋아하는 천변, 건지산
엄마 아빠 동생이랑 같이 가서 모여 놀면서
나무와 풀도 사랑해 줄 거야

우리동네

오서진(초저) • 소망지역아동센터

우리 동네에는
이익 선생 기념관이 있고

우리 동네에는
시원한 폭포가 있고

우리 동네에는
멋진 식물원이 있지

나는 우리 동네가
너무 좋다

행복한 우리 마을 이야기

추억만 남지

김태성(초저) • 명리지역아동센터

저는 경남 창녕군 남지읍에 살고 있습니다.

서울이나 대구처럼 유명한 도시는 아니지만, 자연이 아름답고 제가 좋아하는 친구들이 많은 동네입니다.

봄에는 남지 유채꽃 축제를 크게 엽니다. 저는 가족들과 함께 축제 구경을 가서 유채꽃도 보고 밤에는 바이킹도 탔습니다. 센터 누나들이 있는 오케스트라 공연도 봤습니다. 축제 동안에 학교 친구들도 많이 마주치고 엄마랑 친한 어른들도 많이 마주쳤습니다. 유채꽃 축제가 매일 열리면 좋겠다고 생각이 들 만큼 즐겁고 재미있는 추억이 많이 쌓였습니다. 가을에는 걷기 행사를 하는데 작년에 저와 제 동생이 태권 체조 공연을 하고 걷기를 했습니다.

경품으로 버섯을 받아서 기분이 좋았습니다. 남지는 재밌는 게 많은 동네입니다. 이동에 살고 있어서 참 좋습니다.

내가 사랑하는 까치마을

권진운(초저) • 도담지역아동센터

아침마다
마당 가에서
까악까악
까만 날개
하얀 눈 둘레

까악까악 울면서
기쁜 소식을 전해준대요

까치까치 설날은 어저께고요
우리우리 설날은 오늘이래요

정겨운 새
까치가 날아드는 까치고개

내가 어딜 가든
까치 소리 들으면
아마도 우리 집이
생각나겠지?

까치야

까치야

우리 모두 잊지 말고 친구가 되자

정원

임태안(초저) • 아이마당지역아동센터

꽃 많은 우리 동네
학교 가는 길에 민들레가
우리 할머니는 학교 가는 날 보시며
얼굴에 웃음꽃이 활짝 피어난다

꽃 노래 부르시는 외삼촌
그 옆에서 장미꽃처럼 춤추는 여동생
그걸 본 내 얼굴에도
웃음꽃이 피어난다

우리 동네의 모든 것이
나에게는
꽃이 가득한 정원이다

진주자랑

강민서(청소년) • 아이마당지역아동센터

우리 도시 진주는
매년 열리는 유등축제가 있다
유등축제가 열리는 날 밤에 남강에 가보면
유등이 이렇게나 예뻤는지 다시 생각하게 된다

또 우리 진주는
맛있는 진주냉면이 있다
한가지 자랑하자면
한반도 전체에 냉면 맛집은
평양, 진주라고 한다

우리 진주에는
임진왜란 때 활약을 하신
김시인 장군님이 있다

우리 진주는
참 멋진 도시이다

해수욕장

장윤서(청소년) • 효성지역아동센터

시원한 바람
맑은 물
큰 파도 소리에
마음이 설렌다

초록초록한 미역과
퍼즐처럼 조각조각
흩어진 조개들
그림인 듯 신기하다

신나는 물총 놀이
그리고
땅을 파고 물을 넣고
미역을 넣어서 만드는 모래 놀이
아기 때처럼 재미있다

148 행복한 우리 마을 이야기

길동의 자랑 복조리시장

사명준(청소년) • 서울시 발달장애인 사회적응지원센터

우리 동네 길동의 자랑
복조리시장

푸른 고등어 은빛 자갈치
납작이가자미를 만나는
생선가게

토끼가 좋아하는 당근
힘이 쑥쑥 브로콜리
김치의 대장 배추를 만나는
야채 가게

보랏빛 고운 포도 연둣빛 청보도
새콤한 레몬 상큼한 오렌지를 만나는
과일가게

만물이 모여있는 우리 동네 길동의 자랑
모두 모두 복조리시장으로 놀러 오세요

부록

제32회 부스러기사랑나눔회 글그림잔치 현황

* 작품 현황(총 기관 124개소 / 작품 1,416편)

구분	글. 시화	그림	합계
개인	1,041	369	1410
단체	–	6	6

* 시상 내용 및 수상

상	시상 내용	글 부문	그림 부문	합계
기발한작품상	아이들의 삶이 재미있게 표현된 작품	10	10	20
엉뚱상	창의성이 돋보이는 작품	10	10	20
가슴뭉클상	감동적인 작품	11	10	21
더불어함께상	모두가 함께 살아가는 세상을 잘 표현한 작품	10	9	19
합 계		41	39	80

* 심사위원

구분	심사위원
글부문	이주영(한글 글쓰기 교육 연구회 이사), 이지연(서예가, 작가)
그림부문	송은선(민화 작가, 한국전통채색화 연구원), 이윤주(金美아트 대표)

* 수상자 명단

- 글부문

부문	시상	작품명	수상자	기관명
초저	엉뚱상	거짓말	심서아	부천지역아동센터
		구름도시	김재호	브니엘영광지역아동센터
		공항	김지민	선민아이들세상 지역아동센터

부문	시상	작품명	수상자	기관명
초저	기발한 작품상	학교가는 길	최하민	종달아동센터
		학교가는 길	최현아	참다운하늘꿈터 지역아동센터
	가슴 뭉클상	땅에용	박라엘	부천지역아동센터
		쭌이네	박준호	충만지역아동센터
		우리동네 비밀장소	한예일	시립옥길지역아동센터
	더불어 함께상	참 좋은 우리동네	노혜량	부천시 다함께돌봄센터
		우리 마을을 도와주시는 분들	서사랑	씨앗지역아동센터
		우리 동네 놀이터	조현우	온누리지역아동센터
초고	엉뚱상	날아라 슈퍼걸	김도은	싱대원푸른학교지역 아동센터
		우리동네 세탁소	김주은	가람지역아동센터
		학교로 가는 길	김연수	꿈터지역아동센터
		우리 마을 고마운 가게들	신하정	따숌지역아동센터
	기발한 작품상	흰구름 같은 우리 마을 백운동	전호준	광주도담지역아동센터
		외계인 마을	오준서	브니엘영광지역아동센터
		우리동네 모델	정대현	부천지역아동센터
		4호선 VIP	이알렉 세이	온누리지역아동센터
	가슴 뭉클상	모두가 내친구	손현서	이루리지역아동센터
		엄마의 동네	김가영	충만지역아동센터
		행복한 우리 마을을 소개 합니다!	박채은	LH행복꿈터현동 지역아동센터
		우리 마을의 웃음공원	배세림	아름다운땅지역아동센터
	더불어 함께상	우리 동네 지구지킴이		영도행복한홈스쿨 지역아동센터
		우리 동네는 행복한 마을입니다	박지혁	안민희망동지지역아동센터
		우리 마을의 행복한 물놀이	전진한	갈마루지역아동센터
청소년	엉뚱상	밤마다 폭죽	김설희	효성지역아동센터
		마을을 지키는 영웅 이야기	장은서	서울시 발달장애인 사회적응지원센터
		노래하는 산	윤가율	꿈뜰지역아동센터
	기발한 작품상	저를 구해주세요	최용모	충만지역아동센터
		상촌에서 토요일마다 하는 축구	송은성	갈마루지역아동센터
		울 할머니	신재빈	LH행복꿈터 우리나래 지역아동센터

부문	시상	작품명	수상자	기관명
청소년	가슴 뭉클상	우리 동네 특별한 학원	김선진	반월중앙행복한홈스쿨 지역아동센터
		우리 동네 한강공원	이지훈	서울시 발달장애인 사회적응지원센터
		정월 대보름	노원호	문산지역아동센터
	더불어 함께상	우리 동네의 따뜻한 이야기	정유나	아름다운땅지역아동센터
		오래된 나무	박예은	꿈마을지역아동센터
		정겨운 영주	김은채	행복한홈스쿨지역아동센터
성인	가슴 뭉클상	송파구 자랑 성내천	이윤근	서울시 발달장애인 사회적응지원센터
	더불어 함께상	행복한 우리 마을 이야기	박재근	성광지역아동센터

- 그림개인부문

부문	시상	작품명	수상자	기관명
초저	엉뚱상	용맹한 호랑이와 재규어와의 만남	이시윤	좋은친구지역아동센터
		공룡아~ 나랑 사진 찍자	남호준	무태지역아동센터
		알록달록 캠핑마을	최하연	브니엘지역아동센터
	기발한 작품상	우리 강아지와 함께하는 줄넘기 대회	김수호	무태지역아동센터
		더러운 곳을 쓸어 담는 마을	류예승	해오름지역아동센터
		그림책 같은 우리 동네	이소유	보리앗지역아동센터
	가슴 뭉클상	마을공연	김하진	햇살지역아동센터
		날마다 변신하는 우리 동네	양승우	은항지역아동센터
		일월 공연	유빈	푸른지역아동센터
	더불어 함께상	설봉산 등산기	이윤희	보리앗지역아동센터
		우리 동네 축제 삼종세트	김근아	보리앗지역아동센터
		등굣길에 만난 동물들	김하윤	푸른지역아동센터
		우리 마을은 웃는 마을	심가현	보리앗지역아동센터
		도덕산 잠자리	최준우	행복뜰안지역아동센터
초고	엉뚱상	우리 동네 소개 브이로그	김윤정	푸른꿈의나무 지역아동센터
		아빠와 함께 간 미술관	김대원	늘사랑지역아동센터

부문	시상	작품명	수상자	기관명
초고	엉뚱상	환경을 사랑하는 우리 동네	임채준	은항지역아동센터
	기발한 작품상	우리 마을 수원	김민주	스카이지역아동센터
		우리의 자랑스러운 문화유산 남한산성	이예지	성남우리공부방 지역아동센터
	가슴 뭉클상	호미곶 바닷가에 잔잔한 파도 소리와 기타 소리 호미곶	박진환	구룡포지역아동센터
		사물놀이와 사자 탈춤 공연 본 날	성하람	좋은친구지역아동센터
		아름다운 서서울호수공원 '우리 동네에서 가장 멋진 호수공원'	조이림	사무엘지역아동센터
	더불어 함께상	함께하는 곤충관찰	허유진	사랑의울타리지역아동센터
		아름답고 멋진 부천	염승만	새롬지역아동센터
		나의 사랑 부산	박시현	꿈꾸는지역아동센터
청소년	엉뚱상	시민공원	김소현	전포지역아동센터
		기장 멸치 축제 (기장 대변항)	이현영	행복지역아동센터
		석남사에서의 숨바꼭질	이은율	세움지역아동센터
	기발한 작품상	호천마을의 낮과 밤	허요엘	꿈꾸는 지역아동센터
		무궁화호에서 KTX로 변신	박서연	물금지역아동센터
		지혜의 공간 속 (기장 향교)	현예서	행복지역아동센터
		학교 가는 길	이유진	물금지역아동센터
	가슴 뭉클상	일광해수욕장 최고! (기장 일광해수욕장)	전혜지	행복지역아동센터
		행복을 나누는 날	문희진	삼혜원
		남녀노소 누구나 즐기는 바우덕이 축제	김싱준	세움지역아동센터
	더불어 함께상	기장 시장에서 놀아요. (기장 시장)	김미영	행복지역아동센터

- 그림단체부문

상	작품명	센터명
엉뚱상	105년 전 수암동	수암지역아동센터
기발한작품상	우리들의 웃음소리를 품은 계곡	광주시 고산하늘초등학교 학교돌봄터
가슴뭉클상	우리 동네 행복한 걸음	조은지역아동센터

행복한 우리 마을 이야기

나누는 기쁨, 하나된 사회!

· 하나금융나눔재단 ·

하나금융그룹은 지속적이고 체계적으로 이웃 사랑과 나눔 경영을 실천하고자 2005년 12월 국내 은행권 최초로 사회복지 전반을 아우르는 자선 공익 재단인 하나금융나눔재단을 설립하였습니다.

이는 단발적인 사회공헌활동을 벗어나 바람직한 사회공헌 문화를 정착시키기 위한 의지를 반영한 것으로, 재단에서 수행하는 모든 사업은 하나은행을 비롯한 하나금융그룹 관계사의 지원, 그리고 임직원과 고객들이 기부하는 성금으로 운영되고 있습니다.

주요 사업분야는 다문화·장애인·탈북민 지원(多하나), 저소득·소외계층 지원(더하나), 아동복지 지원(꿈하나), 국제구호 지원(通하나) 입니다. 특히 어려운 환경에서도 꿈을 향해 정진하며 바르게 성장할 수 있도록 지원하는 아동복지 지원사업과 우리 사회 새로운 이웃인 다문화가족 지원사업에 중점을 두고 있습니다. 재단에서는 2009년부터 '하나 다문화가정 대상' 제도를 시행해오고 있으며, 이는 다문화가족 복지 증진을 위해 국내 최초로 제정한 전국 규모의 시상제도로 매년 모범적인 결혼이민자, 다문화가정을 지원하는 개인·단체를 선발하여 시상하고 있습니다.

하나금융나눔재단은 그동안의 성과를 높이 평가받아 2010년 10월

에는 다문화가족지원 사회통합부문 유공으로 '대통령 표창'을, 2015
년 10월에는 생명존중 사회 분위기 조성 유공으로 '국무총리 표창',
2018년 4월에는 장애인 복지증진 기여 공로로 '보건복지부 장관 표
창' 등을 수상하였습니다. 앞으로도 하나금융나눔재단은 진정성 있
는 사회공헌 활동을 더욱 내실 있게 추진해나갈 계획입니다.

<주요사업 내용>

STEP 多하나 (다문화·장애인·탈북민 지원사업)
- 하나 다문화가정 대상 시상, 한국살이 체험담 수기공모, 다문화가
  족 상담, 결혼이주여성 가족 코칭 상담가 양성 등 결혼이민자와 그
  가족구성원을 위한 사업을 지원합니다.
- 경제적으로 어려운 장애인의 의료비와 장애인 생활시설 환경개선
  등을 지원하고, 다양한 교육훈련 프로그램을 통해 장애인의 적성
  과 능력을 개발하여 사회참여 및 사회통합을 지원합니다.
- 북한 이탈 청소년 대안학교 지원으로, 안정된 한국생활 정착과 통
  일시대를 준비하는 인재양성에 기여합니다.

STEP 더하나 (저소득·소외계층 지원사업)
- 쪽방 거주 소외 이웃 음식나눔, 미혼모 자녀양육 자조 모임, 범죄
  피해자 회복지원, 희귀질환 환자와 가족을 위한 유전상담 등 우리
  사회 저소득 · 소외계층을 위한 사업을 지원합니다.
- 하나금융그룹의 다양한 지역사회 봉사활동을 지원합니다. 임직원
  으로 구성된 '하나사랑봉사단'과 임직원 가족으로 구성된 '가족사

행복한 우리 마을 이야기

랑봉사단'이 정기적으로 자원봉사활동을 펼치고 있으며, 본점 및 영업점 단위의 자원봉사활동인 '지역행복나눔'도 전국에서 연중 수시로 이어지고 있습니다.

STEP> 꿈하나 (아동복지 지원사업)
– 국내 고등학교와 대학교 재학생 중 어려운 환경 속에서도 성적이 우수하고 인성과 품행이 반듯하여 타의 모범이 되는 학생을 연 1회 선발하여 학자금을 지원하는 하나 장학금 제도를 운영하고 있습니다.
– 저소득가정 아동 ICT 및 금융 교육, 소아암 및 난치병 환아 등의 의료비 지원, 소년원 청소년 북멘토링 등 어려운 환경 속에서도 꿈을 갖고 열심히 생활하는 아동들의 교육 및 성장을 지원합니다.

STEP> 通하나 (국제구호 지원사업)
– 하나은행이 진출해있는 동남아시아 개발도상국 중 베트남, 인도네시아, 필리핀, 인도 등의 현지 저소득가정 우수 대학생을 선발하여 장학금을 지원하는 국외 하나 장학금 제도를 2006년부터 매년 운영하고 있습니다.
– 빈곤지역 보건위생 교육사업, 실명예방과 안보건 증진사업, 베트남 선천성 안면기형 아동 수술사업 등 개발도상국의 복지증진을 위해, 인도적 차원의 국제구호활동을 지원합니다.

부스러기사랑나눔회

1986년, 1천원 생명씨앗으로 시작된 부스러기사랑나눔회는 빈곤 환경에 놓인 아동, 청소년과 그 가정이 건강한 몸과 마음으로 살아가도록 돕는 대표적인 아동복지기관입니다. 우리는 빈곤 환경의 모든 아동이 삶의 주체로서 행복하고, 건강하게 살아갈 수 있도록 아동의 권리를 보장합니다. 부스러기사랑나눔회는 빈곤 아동이 한 명도 없는 나라를 꿈꿉니다.

미션(MISSION)

모든 아동이 삶의 주체로서
건강하고, 행복하게 살아가는 세상을 만듭니다.

비전(Vision)

아이들이 건강하고 행복한 다음세대로
성장할 수 있도록 아이들의 꿈을 채웁니다.

가치(Value)

1) 우리는 그리스도의 정신으로 함께합니다.
2) 우리는 사람을 소중히 여깁니다.
3) 우리는 행함과 진실함으로 합니다.
4) 우리는 공동체로 일하며 함께 성장합니다.

원칙(Principle)

**"부스러기사랑나눔회 원칙은
아동중심, 현장중심, 후원가족중심에 있다."**

1) **아동중심** 우리의 모든 정책 결정은 돌봄이 필요한 아동의 욕구와 현실에서 출발합니다.
2) **현장중심** 아동복지현장에서 요청하고 필요로 하는 사업을 기동성 있게 적극 대응하여 추진합니다.
3) **후원가족중심** 후원자 모두를 가족으로 소중히 여기고 그들이 나눔의 가치를 실현할 수 있도록 함께 합니다.

2024년 사업기조

나아가라! 나아가라! 수축하고, 수축하라!

드림풀(Dreamfull)은 아동청소년들이 마음껏 꿈꾸며, 건강하게 성장할 수 있도록 아이들의 꿈을 채우는 부스러기사랑나눔회의 커뮤니케이션 브랜드입니다.

사업내용

사업명		사업내용 소개
빈곤아동 지원사업	아동결연사업	장학아동 및 결연 가정방문 사례관리 가족캠프 및 가족기능강화사업, 해외아동 교육장학금 등을 지원합니다.
	나눔사업	교육지원사업(프로그램, 등록금, 새학기용품 등)을 비롯하여 건강지원(수술비 등), 생계지원(냉난방기 지원 등), 심리치유, 진로자립, 아동학대예방, 환경조성사업 등을 지원합니다.
지역사회 아동보호	지역아동센터	지역사회 아동의 안전한 보호와 건강한 성장을 위한 서비스를 제공합니다.
	공동생활가정 학대피해아동쉼터	방임, 학대 등의 이유로 보호가 필요한 아동에게 개별화된 보호 및 양육 서비스를 제공합니다.
지역사회 개발사업	지역아동센터 시도지원단	지역아동센터가 아이들의 꿈 자람터로 건강하게 역할을 할 수 있도록 운영을 지원합니다.(광역지자체 위탁운영)
	국제협력사업	캄보디아의 빈곤 아동들이 삶의 터전에서 희망을 품고, 꿈을 이루어 가는 건강한 아이들로 성장할 수 있도록 함께합니다.

사랑나눔 참여안내

부스러기사랑나눔회와 함께 아이들의 얼굴에 눈물 대신 웃음을,
고통 대신 행복을, 불안 대신 희망의 내일을 선물하는 일에 동참해 주세요!

휴대전화로 정기후원 신청하기

 01 정기후원신청서 작성　　 **02** 휴대전화 카메라로 촬영　　 **03** 010-3244-1265 전송(문자/카톡)

정기후원신청서

성　　명		□남　□여　　휴 대 폰		
이메일주소		웹진수신　□예　□아니요		
주　　소		우편수신　□예　□아니요		
후 원 동 기				
후 원 방 법	자동이체	은행명/계좌번호	예금주	(서명)
		예금주와의 관계　□본인　□기타		
		예금주 생년월일		
	신용카드	카드명 / 카드번호		
		유효기간:		
출금일자		□5일　　　　□10일　　　　□25일 (재출금일 다음달 1일)		
후 원 내 용	일반후원	□1만원　□2만원　□3만원　□기타 (　　　　　　원)		
	결연후원	**국내**　□10만원　□6만원　□3만원　**해외**　□3만원　□5만원		
기부금 영수증신청		□예 (주민등록번호:　　　　　　　　　　) □아니요		

개인정보수집과 이용에 관한 동의

개인정보 수집 및 이용	**수집 및 이용목적**: CMS/신용카드 출금이체를 통한 요금수납/후원가족에 관한 모든 서비스 제공 (부스러기사랑나눔회 후원자서비스 원칙에 동의) **수집항목**: 기본정보_성명,연락처,주소,이메일,성별,후원동기 출금정보_예금주,예금주 생년월일,은행명,계좌번호,기드명,카드번호,카드 유효기간 **보유 및 이용기간**: 후원종료일로부터 법령*보전 의무 기간까지	□동의함 □동의안함
개인식별정보 수집 및 이용	**수집 및 이용목적**: 기부금영수증 발급/국세청간소화서비스 등록 업무 활용 **보유 및 이용기간**: 후원종료일로부터 법령*보존 의무 기간까지	□동의함 □동의안함
개인정보 제3자 제공	**제공 받는 자**: 금융결제원, 국세청, 스마트레지저 **제공목적**: CMS출금이체,신용카드출금이체, 연말세액공제, 후원자관리서비스 제공 (메일발송/SMS발송/TM/DM 등) **정보제공**: 성명,예금주생년월일,은행명,계좌번호,카드명,카드번호,카드유효 기간,주민등록번호,주소 등 기본정보 및 출금정보,개인식별정보 **보유 및 이용기간**: 저오이용 목적을 달성할 때까지	□동의함 □동의안함

※ 신청자는 위 내용에 대해 동의를 하지 않을 권리가 있습니다. 동의하지 않을 경우, 세액공제 및 출금이체가 불가능합니다.
※ 부스러기사랑나눔회는 **지정기부금단체**로, *법인세법 24조 소득세법 제34조에 의거하여 세액공제 받으실 수 있습니다.

본인은 부스러기사랑나눔회 후원가족이 되는 것에 동의합니다.

20　　년　　월　　일　신청인 :　　　　　(서명)

온라인에서 정기후원 신청하기

01 busrugy.or.kr 접속　　**02** 후원안내 > 후원하기 정기후원신청하기 클릭

일시후원 신청하기

 ⦿ 후원계좌 | 국민은행 **011-01-0394-585** 부스러기사랑나눔회
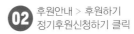 ⦿ 문자후원 | #2540-1265(문자 한 건 3,000원)

행복한 우리 마을 이야기

발행 2025년 01월 10일

펴낸이 윤종선

펴낸곳 도서출판 부스러기
엮은곳 사단법인 부스러기사랑나눔회
주소 서울시 독립문로6길 16
전화 02) 365-1265
팩스 02) 392-4630

통권번호 제 20-002호
편집 맑은샘 출판사
ISBN 978-89-88720-04-2 (73800)
가격 10,000원

＊ 부스러기사랑나눔회로 연락하시면 책을 구입하실 수 있습니다.